길 위의 세상 이야기

길 위의 세상 이야기

발행일	2020년 12월 4일

지은이	허영혜		
펴낸이	손형국		
펴낸곳	(주)북랩		
편집인	선일영	편집	정두철, 윤성아, 최승헌, 배진용, 이예지
디자인	이현수, 한수희, 김민하, 김윤주, 허지혜	제작	박기성, 황동현, 구성우, 권태련
마케팅	김회란, 박진관, 장은별		
출판등록	2004. 12. 1(제2012-000051호)		
주소	서울특별시 금천구 가산디지털 1로 168, 우림라이온스밸리 B동 B113~114호, C동 B101호		
홈페이지	www.book.co.kr		
전화번호	(02)2026-5777	팩스	(02)2026-5747

ISBN	979-11-6539-501-8 03810 (종이책)	979-11-6539-502-5 03810 (전자책)

이 도서의 국립중앙도서관 출판예정도서목록(CIP)은 서지정보유통지원시스템 홈페이지(http://seoji.nl.go.kr)와
국가자료공동목록시스템(http://www.nl.go.kr/kolisnet)에서 이용하실 수 있습니다.
(CIP제어번호: 2020050925)

(주)북랩 성공출판의 파트너

북랩 홈페이지와 패밀리 사이트에서 다양한 출판 솔루션을 만나 보세요!

홈페이지 book.co.kr • **블로그** blog.naver.com/essaybook • **출판문의** book@book.co.kr

여행과 에세이

길 위의
세상 이야기

글, 사진 허영혜

북랩 book Lab

'길 위의 세상 이야기'를 펼치며

이리로, 저리로, 길이 있다.
그 길 위에 세상이 있고, 세월이 간다.
그 길에서 인생도 간다.

세상에는 다양한 길이 있다. 곧은길과 굽은 길, 넓은 길과
좁은 길, 오르막길과 내리막길이 있는가 하면 몸과 마음이
맑아지는 길이 있고, 꽃향기 그윽한 길, 바람 한 점에도 위안
이 되는 길도 있다.

우리는 이런 길 위에서 기쁜 이야기, 슬픈 이야기를 만나
고, 때로는 화나게 하는 이야기, 혹은 감동을 주는 이야기와
함께하면서 삶을 채워 가고 인생을 배운다.

우리는 지금도 길 위에 있는 세상에서, 길 위로 가는 세월
을 타고, 자신의 길을 가고 있는 중이다.

이제는 철새들처럼 별빛에서 길을 찾는 지혜로 남은 길을 가고파 지나온 길을 되돌아보려 한다.

그동안 내가 가 본 길에서, 내가 지나온 길에서, 보고 듣고 느낀 것들이 나의 사진과 글로 모였다.

'참 아름다운 주님의 세계'의 길에 서게 하신 하나님께 감사드리며, 부족하지만 용기 내어 나만의 세상 이야기를 할 수 있게 좋은 수필 쓰는 법을 가르쳐 주신 장호병 교수님과 목향 문우들께 감사드린다.

무엇보다도 늘 든든한 지원군이 되어 주는 남편 손은성 님, 사랑하는 딸 한나와 사위 재형, 그리고 너무나 예쁜 외손녀 새담, 늘 이런저런 도움을 주는 착한 아들 요한, 모든 가족에게 보내는 감사와 함께 무한한 사랑을 담아 이 책을 펼친다.

허영혜

'길 위의 세상 이야기'를 펼치며

'길 위의 세상 이야기'를 펼치며

목차

제1부

제2부

제3부

제4부

'길 위의 세상 이야기'를 펼치며

Photo essay

제1부

초콜릿 하나

인도 바라나시(Varanasi) 길은 매우 복잡했다.

거리엔 먼지, 매연, 카레, 사람 냄새들이 서로 뒤엉켜 맴돌아 다녔고 자동차, 자전거, 오토바이, 릭샤, 사람, 움직이는 것들은 서로 먼저 가겠다고 비키라고 손짓을 한다. 빵빵~ 뿡뿡~ 삐리릭~ 삐릭~ 쉬지 않고 들리는 경적들은 귀를 괴롭히니 한마디로 야단법석, 뒤죽박죽이다.

무질서한 거리엔 곳곳에 정체도 있다. 서로 부딪힐 것만 같은데 그래도 모두가 요리조리 잘도 다닌다.

어둠은 짙어지고 도시의 불빛이 더 빛을 발한다.

나는 릭샤 위에서 남편을 꼭 잡고서 흔들리며 아슬아슬하게 가고 있다. 바짝 마른 릭샤 기사는 남편과 나, 성인 둘을 태우고 자전거 페달을 밟자니 힘이 많이 드나 보다. 페달을 힘겹게 밟다가 가끔 내려서 밀며 걸어가기도 한다. 시간이 갈수록 왠지 미안해진다.

우리를 태운 릭샤 왈라. 바라나시, 인도.

제1부

호주머니를 뒤지니 초콜릿 하나가 손에 잡힌다. 건네주었다. 먹고 힘내어 잘 가자는 마음에서다. 그런데 그는 그것을 입에 넣지 않고 호주머니에 넣는다.

잠시 후, 약간의 대기 중 그가 뒤돌아보며 호주머니를 가리키며 말했다.

"For my daughter. thank you, thank you."

너무너무 감사하다는 눈빛으로 고개를 숙인다. 딸이 6살이란다. 순간 나는 가슴에 뭔가가 막히는 느낌이었다. 그의 말이 계속 나를 먹먹하게 했다. 손가방을 뒤져도 나에게 더 이상의 초콜릿이 없으니 사뭇 안타까울 뿐이었다.

그렇다.

삶, 어디에서나 힘들다.

아니, 어쩌면 초콜릿같이 달콤하고 아름다운 것인지도 모른다.

바라나시 거리, 인도.

제1부

조각보

내 앞에 펼쳐진 색 바랜 조각보는 온갖 추억을 그린 듯 지난 시간들을 담고 있다.

내 꽃무늬 원피스, 오빠의 파란 바지 조각, 엄마의 치맛자락, 아버지 셔츠 조각들이 서로 이리저리 어울려 멋진 작품이 되어 있다. 예전에 친정어머니께서 손수 만드신 것이다.

조각보는 예로부터 아녀자들이 이런저런 자투리 천을 이용하여 색상과 모양을 조화롭게 이어서 만든 보자기다. 엄마가 만드신 조각보를 보고 있자니, 스페인 세비야(Sevilla) '마리아 루이사' 공원의 '스페인 광장'에서 본 풍경들이 떠올랐다.

스페인에서 가장 아름다운 광장이 있는 '마리아 루이사' 공원. 입구에는 키 큰 나무들이 우거져 있어 말 그대로 공원이라 생각했다. 허나 안으로 들어서는 순간, 내 가슴은 쿵쾅

거렸고 입에서는 감탄사가 절로 나왔다. 확 트인 넓은 뜰, 커다란 분수, 양 끝에 있는 높은 탑을 잇는 반원형 건물의 긴 회랑, 바닥의 무늬들까지 이국적인 멋을 내고 있었다. 회랑 아래쪽에는 그림으로 장식된 벤치들이 길게 늘어서 있고, 연못 위에는 아치형의 다리가 아름다움을 뽐낸다. 더 놀라운 것은 이 모든 것에 화려한 무늬나 그림들이 있었는데 모두 모자이크로 되어 있다는 거다.

모자이크란 여러 가지 빛깔의 조각을 붙여서 무늬나 회화를 만드는 기법이 아닌가. 그러니 일일이 사람 손으로 작업을 하였을 터, 정교한 인간의 솜씨에 감탄하지 않을 수 없었다.

그러고 보면 우리네 인생도 조각보를 닮았다.

태어나면서부터 흘러가는 순간의 조각들이 쌓여서 만들어 내는 것이 인생이다. 기쁨과 환희의 순간이 있는가 하면 축축한 고독과 끈적거리는 외로움 조각도 있고, 가슴 두근거리던 희망과 이루지 못한 서늘한 좌절, 얼룩이 된 시행착오, 이런저런 수많은 조각으로 엮여 있는 것이 바로 우리네 삶이니 말이다.

'마리아 루이사' 공원. 세비야, 스페인.

'마리아 루이사' 공원. 세비야, 스페인.

제1부

조각보에서 조각들이 어울려 아리따운 멋을 내듯이 삶에서도 장소와 때에 어우러지는 조각이 되어야 하리라. 그러기 위해서는 잘라내어야 할 부분은 잘라내야 할 것이며 가려야 할 부분은 시접을 넣듯 숨겨야 하고, 때론 바늘땀을 넣어 고정도 해야 한다. 보다 아름다운 삶의 보(褓)를 위해서는 필요하다면 뜨거운 인두로 눌러서 단단하게 모양도 잡아야 하리라.

　그렇다. 내 삶의 보(褓)는 그냥 수수하면서도 품위 있는 고상한 멋을 풍기는 그런 조각보이면 좋으련만······.
　내 앞에 펼쳐진 낡은 조각보가 자꾸만 내 마음과 눈길을 당긴다.

문

북유럽 에스토니아 수도 탈린(Tallinn)에서 가장 오래된 교회인 톰 교회(Toomkirkk), 혹은 성모 마리아 성당이라 불리는 곳을 방문했다.

이 교회는 에스토니아 최초의 교회로 13세기 초에 목조로 지은 루터교 교회란다. 대통령 취임식도 이곳에서 한다는데 유럽의 다른 성당들에 비해 크지도 않고, 그렇다고 화려하지도 않았다.

교회 내부 한 면이 성화가 아닌 중세 한자(Hansa) 동맹 때의 옛 물건들로 전시된 것을 보고 나오는 문에서였다. 내 앞에 펼쳐진 풍경이 마치 어릴 적에 내가 상상했던 세상 풍경과 같았다. 문을 열면 아름다운 미지의 세상이 펼쳐지는 그런 모습 말이다.

눈 부시는 파란 하늘이 있고, 저 멀리 멋진 세상인 양 높은 알렉산더 넵스키 성당이 보인다. 또 많은 관광객이 보이니 사람들로 북적이는 넓은 세상이 펼쳐져 있는 듯했다.

탈린, 에스토니아.

어린 나는 산골 작은 예배당에서 세상을 조금씩 알아 갔고 또 상상하며 자랐다. 전기가 없는 곳이었으니 TV도 물론 없었고, 라디오와 동화책도 귀했다. 그러니 예배 시간마다 들려주는 동화는 또 다른 세상으로 향하는 유일한 문이었다. 나뿐만 아니라 산골 아이들은 예배당 마룻바닥에 다닥다닥 앉아 가슴을 콩닥거리며 반짝거리는 눈망울로 세상 이야기 속으로 빠져들곤 했었다.

특히 대학생이었던 우리 오빠가 들려준 동화는 잊을 수가 없었다. 〈알리바바와 40인의 도둑〉 이야기를 통해 가끔은 큰 소리로 우리를 놀라게 했고, 때론 소곤거리는 소리로 우리의 가슴을 움츠리게 했다. "열려라, 참깨!"라는 주문으로 도둑들의 동굴 바위 문이 열릴 때면 우리는 까르르 배를 잡고 웃었다.

오빠가 눈짓을 하면 다 함께 큰 소리로 "열려라, 참깨~!"라고 외치며 즐거워하기도 했다. 커다란 돌문이 열린 동굴 속에는 또 다른, 우리가 알지 못했던 그런 세상이 있지 않았던가! 스르르 열리는 문을 보며 내 앞에도 있을 또 다른 세상을 꿈꾸었다.

어린 나는 세상의 모든 문은 "열려라, 참깨!" 하면 쉽게 열
리는 줄로 알았다. 그러나 〈알리바바와 40인의 도둑〉의 동
굴 문도 "열려라, 참깨!"라는 주문이 있어야 했듯이, 내 앞에
있는 문을 열기 위해서는 끊임없는 노력과 용기와 책임이 있
어야 한다는 것을 점차 알게 되었다. 또한, 새로운 문을 열려
면 아주 많이 용감해야 한다는 것도 몸소 느꼈다.

이때까지 내가 문을 열고 들어섰던 자리에 후회는 없다.
주어진 만큼에 감사하며 늘 당당했다. 하지만 아직도 내 생
에 남아 있는 문들도 있다. 그것이 노쇠함과 죽음의 문일지
라도 "열려라, 참깨!" 하면서 자신 있게 외치고 그 문으로 들
어가리라 다짐해 본다.

알렉산더 넵스키 성당. 탈린, 에스토니아.

놋화로

바람이 분다.

아버지께서는 이렇게 찬바람이 옷깃을 스치기 시작할 때면 어디에선가 놋화로를 꺼내 윤이 나게 닦으시고, 숯불로 온기를 담으셨다.

그리고 아침마다 이불에서 나오기 싫어하는 어린 딸에게 놋화로에 철쭉 같은 붉은 불씨를 담아 주셨다. 나는 화로의 온기와 아버지의 따뜻한 사랑에 몸을 녹이고 마음을 녹였었다.

아버지, 이 세상 아비들은 자식을 위해서는 모든 걸 버릴 용기를 감춰두고 있단다. 가정을 위해서는 당신의 힘듦이나 고달픔은 잊고 사시는 분이시란다.

하반신 마비인 아들을 데리고 병원을 찾으시는 할아버지가 계셨다. 불의의 사고로 척추를 다쳐 불구의 몸이 된 아들은 자신의 처지를 받아들이지 못하고 받은 보험금으로 방탕한 생활을 했다. 시간이 지나갈수록 삶을 포기한 채 폐인이 되어갈 때 당신께서 손수 자식을 병원으로 데리고 온 것이다.

아버지들은, 자신의 안타까움이나 미안함, 괴로움이나 사랑의 마음을 쉽게 나타내지 않는다. 아니, 못한단다. 아버지라는 체면과 자존심 때문에.

그런데 사랑하는 아들의 몸에 깊이 파고든 상처가 죽음의 그림자까지 몰고 가는 그 처참함을 보는 아비의 마음은 어떠했겠는가. 아버지는 주저하지 않고 자신의 모든 것을 내려놓고서 오로지 아픈 자식에게 매달렸다. 자식의 잘못된 행동들을 탓하기보다는 당신 자신을 자책하면서, 당신이 더 아파하고 괴로워하며 뒤에서 눈물을 보이셨다.

아버지. 나에게 아버지는 늘 놋화로와 같은 존재였다. 내가 힘들어할 땐 언제나 숨겨놓았던 불씨를 꺼내듯 해결책을 찾아주셨고, 또 차가운 세상 바람에 마음과 몸이 추울 때면 화롯불의 온기처럼 따뜻한 기운을 주시곤 했다. 해마다 겨울이 되면 옛날의 따뜻했던 놋화로 생각이 나는 것은 아버지의 사랑이 그리운 탓이리라.

아그라, 인도.

아그라, 인도.

제1부

하얗게 눈이 내리는 날에는 마음이 들뜨기는 예나 지금이나 같다. 하지만 변해버린 것도 많다. 아버지께서는 오래전에 하늘나라로 가셨고, 겨울마다 사랑받던 놋화로는 묵은 때를 그대로 묻힌 채 오라버니댁 거실 한쪽의 장식품이 되어 있다. 어렸던 나 역시 나이를 많이 먹었고….

지금도 세상살이에서 온기가 필요할 때면 "어험." 하는 아버지의 헛기침 소리가 그립다.

그렇다. 놋화로를 생각나게 하는 차가운 겨울바람은, 하얀 눈은, 언제나 나를 겨울 추억 속 아버지에게로 가게 한다.

찬 바람이 불고 있다.

촛불

마을이 내려다보이는 언덕 위에 작은 성당이 있었다. 문이 열려 있어 안으로 들어갈 수 있었는데 아주 소박하고 아담한 곳이었다. 성당 안쪽 입구의 성모 마리아와 아기 예수님 사진 앞에는 촛불이 켜져 있었다. 방금 누군가 기도를 하고 간 모양이다.

내가 한때 방문했던 시립 아동센터가 머릿속에 펼쳐지는 것은 왜일까. 아마도 아기 예수님의 모습과 자신을 태우며 빛을 발하는 촛불 때문인 듯하다.

아동센터의 문을 열면 향긋한 분 냄새와 쾨쾨한 지린내가 동시에 나를 반긴다. 이곳은 만 36개월 미만의 아기들이 이런저런 이유로 머무는 곳이다. 부모의 이혼으로, 혹은 불구로 태어나 버림받아서, 때론 "형편상 잠시만…." 하면서 부모와 헤어져 있단다.

아기들의 눈망울은 엄마, 아빠에 대한 그리움을 가득 담은 채 늘 불안해하며 흔들린다. 마치 여럿이 있어도 혼자라는 것을 알기라도 하는 듯이. 반면에 늘 달고 다니는 껄떡거림은 부모 사랑의 목마름이 허기로 나타나나 보다. 식사 시간이면 여기저기서 다투는 소리와 울음소리를 함께 먹는 아이들이다.

그나마 이들이 이렇게라도 생활하는 것은 알게, 모르게 돌보는 수많은 손길이 있기 때문이다. 월급을 받고 일하는 직원들도 있지만, 이들보다 더 많은 봉사자가 함께한다.

아가들에게 기꺼이 '엄마'가 되어 자신의 품을 내어 주고 온기를 나누어 주는 사람들. 스스로 '엄마'가 된 봉사자들의 귀한 마음들이 밝은 사랑의 빛이 되어 이 아이들을 키우고 있다. 마치 자신을 태워 빛을 발하는 촛불처럼 자기 자신을 녹여 사랑을 주는 것이다. 아마도 봉사자들은 아가들이 부디 절망하지 않고 잘 견뎌주기를 바라며, 스스로의 사랑도 꺼지지 않기를 기도할 게다.

잠시 딴생각을 하다가 눈 아래로 내려다보이는 마을 풍경에 함성을 지르고 말았다. 산을 배경으로 한 호수와 갈색 지붕의 아기자기한 집들, 마을 한가운데에 노란 성당이 자리 잡고 있는 마을 풍경은 한 폭의 풍경화였다.

우리가 농장에서 하룻밤을 보낸 이곳은 오스트리아 잘츠카머구트(Salzkammergut) 지역 중 한 곳인 몬트제(Mondsee) 이다. '달의 호수'라는 뜻의 몬트제, 휴양 도시인 이 마을에는 유명한 성당이 있다.

‘성 미카엘 성당’ 혹은 ‘바실리카 몬트제’라 불리는 이곳은 영화 〈사운드 오브 뮤직〉에서 마리아와 폰 트라프 대령의 결혼식이 열렸던 곳이다. 그래서 우리가 이곳에 왔고, 많은 여행객의 발길도 이어진다. 우리가 방문한 날에도 한 무리의 서양인 관광객이 있었고 성당에서는 결혼식도 있었다.

많은 사람이 〈사운드 오브 뮤직〉 영화를 기억하여 이곳을 찾듯이, 나도 몬트제를 영원히 기억할 것이다.

몬트제 마을 모습, 오스트리아.

한자(Hansa) 문화 축제

유난히도 맑고 화창한 날씨가 상쾌함을 더했다. 우리는 리투아니아 수도 빌뉴스(Vilnius)에서 쭉쭉 뻗은 도로를 달려 카우나스(Kaunas)에 도착했다. 제2의 도시 카우나스는 빌뉴스에서 서쪽으로 128㎞ 정도 떨어져 있다.

버스에서 내려 구시가지로 들어가는 길, 길가엔 천막 상점들이 즐비하고 많은 사람이 오간다. 가이드의 말에 의하면 오늘 이곳에서 축제가 있단다.

야호~! 나의 발길이 빨라진다.

고풍스러운 시청사 광장에는 음악 소리와 함께 많은 천막 상점이 손님을 기다리고, 큰 무대도 설치되어 있다. 아마도 밤에는 각종 콘서트가 있나 보다.

사람들을 따라서 발길을 옮긴다. 조금 뒤 붉은 지붕의 성채가 보이고 비탈진 잔디 언덕에는 많은 사람이 앉아서 뭔가를 관람하고 있었다. 우리도 한자리를 차지하고 앉았다. 중세 문화를 재현하여 그 시대 복장을 한 기사들이 말을 타고서 검술 대결을 펼치고 있었다. 신기했다. 나는 경기 자체보다는 이곳의 분위기에 푹 빠지고 말았다. 책과 영화에서나 보던 중세 문화를 직접 접하고 그 속에 내가 있으니 흥분되었다.

다른 넓은 뜰에서는 중세 시장이 열려 있었다. 상인들은 모두 중세 복장을 하고서 그 시대 물건들을 직접 만들기도 하고 판매도 했다. 이들 속에 있다 보니 나도 중세 사람이 된다.

이 축제는 리투아니아의 연간 행사 중에서도 가장 큰 행사로 '중세 한자(Hansa 혹은 Hanse) 문화 축제'란다. 중세 때 유럽 북부와 중부에 도시 상인 조합(길드 Gilde)이 만들어졌고, 서로의 이익을 보호하기 위해 연맹체가 되었는데 이를 '한자(Hansa)', 혹은 '한자동맹(The Hanseatis League)'이라 한단다. 이 동맹은 12세기 독일 북부 도시에서 시작하여 유럽 전 지역에서 300년 동안 강력한 조직으로 유지되다가 15세기 말부터 서서히 무너지게 되었다고 한다. 카우나스는 1441년에 한자동맹에 합류했으나 이제는 그때를 재현하는 축제로 남아서 후손들에게 전해지고 있단다.

한자(Hansa) 문화 축제 모습.

여행하는 데 있어서 그곳만의 독특한 축제를 만나는 것만큼 흥분되고 재미있는 것은 없다. 설사 우리가 그 축제를 마음껏 즐기지는 못한다 해도 이색적인 축제 속에 있는 것만으로도 행복한 경험이 되니 말이다.

리투아니아에서 즐긴 '한자 축제' 또한 내 삶의 한 페이지에 소중하게 담아 두었다.

하얀 미소

아마 그해의 겨울바람도 이러했으리라.

바람이 창문을 두드린다. 온종일 바깥을 맴돌다 지친 듯 따뜻한 불빛이 새어 나오는 문틈으로 몸을 들이민다. 이 바람은 한동안 흙먼지를 휘날리며 창문들을 두드렸고, 낙엽들을 이리저리 끌고 다녔을 게다. 시외버스터미널 앞 분식집의 낡은 간판도 마구 흔들었고, 커다란 솥에서 피어나는 하얀 김을 허공에서 몸부림치게 했을 게다.

나는 비릿한 멸칫국물이 끓고 있는 그 분식집 앞을 지날 때면 발걸음을 멈추고 기웃거린다. 그럴 리도 없건만, 혹시나 하고 식당 안을 들여다보며 그들을 그린다.

식당 안 작은 테이블 앞엔 털모자 쓰고 마스크를 한 아이와 초라한 여인이 앉아 있다. 잠시 후, 그들 앞에 우동 한 그

릇이 놓이자 여인의 얼굴이 환해진다. 그동안 항암 치료로 먹지 못하던 아이가 스스로 뭔가를 먹는 모습에 감격하며 눈가에 이슬을 맺는다. 하지만 아이는 금세 칭얼댄다.

"엄마, 더 이상 못 먹겠어. 엄마가 먹어."

"얘야, 그러지 말고 좀 더 먹어라."

이렇게 실랑이만 계속되다가 결국 엄마가 우동 그릇을 잡는다.

엄마가 드신 한 모금의 국물은 그동안 쌓였던 피로를 말끔히 씻어주나 보다. 금세 엄마의 얼굴이 밝아지는 듯했다.

이런 엄마의 모습에 아이의 눈이 빛난다. 그리고 창백한 얼굴에 미소가 살며시 인다.

아이는 병원 치료를 끝내고 퇴원하여 집으로 갈 때면 시외버스터미널 분식집에서 우동 먹기를 원했단다. 사실은 자신이 먹을 수 없는 것을 알면서도. 이렇게라도 해야 자신을 병간호하느라 힘든 엄마가 좋아하는 우동을 드실 수 있었으니까. 아이는 엄마가 당신 자신을 위해선 먹고 싶은 우동 한 그릇도 사드시지 않는다는 걸 알았던 것이다.

사실은 나도 우동을 좋아한다. 특히 우동의 본고장인 일본을 여행할 때면 빠질 수 없는 것 중 하나가 바로 우동을 먹는 것이다. 이런 나를 아는 아들은 이곳에서 유명하다는 우동집으로 데리고 갔다.

가마쿠라, 일본.

이곳은 일본 도쿄에서 50㎞ 떨어져 있는 가마쿠라(Kamakura)시. 복잡하고 거대한 도시인 도쿄와는 달리 깨끗하고 한적했다. 우리는 요코하마에서 갔는데 우리나라의 경주 같은 곳이라고나 할까. 교토(京都, Kyoto), 나라(奈良, Nara)와 같은 고도(古都)인 데다가 도쿄 근교이니 자국 관광객이 많이 찾는 곳이다.

한적한 곳이라지만 번화가인 '코마치 거리(小町通り)'는 많은 인파로 복잡했다. 우리가 들어선 우동집도 점심시간을 넘긴 시각인데도 손님들이 많았다. 감칠맛 나는 우동 국물. 맛있다. 피로를 씻어 주는 듯했다.

나는 특히 찬 바람이 휘날리는 날이면 어디에서나 우동이 생각난다. 그리고 오랜 치료에도 불구하고 백혈병을 이겨내지 못하고 하늘나라로 간 그 아이가 생각난다. 아이의 착한 마음씨와 하얀 미소로 내 마음을 데우고, 따뜻한 우동 국물로 몸을 데우고 싶기 때문이다.

다른 커피

저녁 식사 후 보슬비가 내리는 베트남 후에(Hue)에서 밤거리 나들이에 나섰다. 산책을 하다 보니 로컬 커피숍이 줄지어 있었다. 낯선 이방인이기에 망설임이 있어 손님이 없는 텅 빈 커피집으로 들어갔다.

우리가 자리에 앉으니 예쁜 여인이 다가온다.

"Americano, please."

그런 것 없단다.

"OK, 그냥 coffee."

"Yes. ice?"

"Oh…. no, no ice."

우리는 비가 오는 탓에 쌀쌀함을 느껴 얼음은 거절했다. 기다렸다.

잠시 후, 유리잔에 조금 담긴 에스프레소 커피 같은 것이 나왔다.

"엥?"

우리는 다시 그 여인을 불렀다.

"Hello~, hot water, please."

아가씨는 고개를 갸웃거리며 우리가 하는 말을 알아듣질 못했다.

우리는 다시 또박또박 "핫, 워, 터." 그녀는 여전히 갸우뚱. 이번엔 아주 부드럽게 "핫~워~러~" 그래도 고개를 갸웃갸웃. 오우~ 우리는 자신 있게 "홋, 워터." 하지만 베트남 여인은 웃기만 한다. 이번에는 아예 한국말로 "앗, 뜨거! 뜨거!"를 외쳐도 보고, 친구는 "호호~"하며 뜨거운 김을 입으로 부는 시늉도 하고, 손을 떨며 뜨겁다고 온몸으로 연기를 하니 웃음바다가 된다. 그러자 고개를 갸웃거리며, 혹시나 하는 표정으로 커피포트를 들고 와서 보여 준다.

순간 우리는 소리쳤다.

"Oh, yes! yes… good! good~"

함성과 함께 박수까지 쳤다. 드디어 우리나라 사람들이 즐겨 마시는 아메리카노 비슷한 커피를 마시게 되었다.

커피에 얼음 대신 뜨거운 물을 부어서 마시는 이상한(?) 우리를 보는 베트남 여인의 웃음과 대한민국 사람들의 손짓, 몸짓, 마음으로 통한 커피에 터진 환호와 웃음이 베트남 후에(Hue)의 작은 커피숍을 가득 채웠다. 그렇게 타국에서의 밤이 깊어 갔다.

어렵게 마시게 된 뜨거운 베트남 커피 한 잔! 그리고 보니 이곳은 사시사철 더운 열대 지방으로 이곳 사람들은 유리잔에 얼음 넣은 커피를 마시는 게 일상인데 어찌 손잡이가 있는 커피잔의 핫(hot)커피, 홋(hot)커피를 알겠는가! 이들로서는 오히려 '뜨거운 커피'를 마시는 우리가 참으로 이상하고 우스웠으리라.

사람 사는 게 어디나 다 같은데 때론 이렇게도 다른 점이 있음을 보고 느끼는 것이 바로 여행의 묘미다. 그때의 커피 향이 새삼 코끝을 간질이고, 웃음소리가 귓가에 들려오는 것 같아 베트남 후에(Hue)의 그 밤이 다시 그리워진다.

후에, 베트남.

제1부

거짓말

　이탈리아 베로나(Verona)는 윌리엄 셰익스피어의 희곡 <로미오와 줄리엣(Romeo and Juliet)>의 사랑 이야기가 전해지는 곳으로 줄리엣의 생가가 있고, 원형 극장 야외 오페라 공연으로 유명한 곳이다. 오고 싶었던 도시다. 일정이 맞지 않아 오페라는 관람할 수 없어도 이곳에 와 있는 것으로, 고풍스러운 원형 극장을 보는 것만으로도 흥분했다. 하지만 여기저기 붙어 있는 오페라 포스터는 나를 아쉬움 속에 가두었다.

　이때, 남편의 전화벨이 울렸다. 어머니란다. 나의 손사래에 일부러 전화를 받지 않았다. 우리는 지금 이탈리아에 있으니까.

　우리는 해외여행 시 어머니께 알리지 않을 때가 종종 있다. 어머니께서는 우리가 집만 떠나면 걱정이시다. 하물며 외국에 간다고 하면 걱정이 이만저만이 아닐 것을 알기에 말없이 왔던 게다.

그런데 또다시 전화벨이 울린다. 가슴이 쿵 한다. 무슨 일이 난 걸까? 조금 후 전화를 드렸다.

"어디냐?"

"아, 예. 저희 서울 왔어요. 무슨 일 있어요?"

"아니, 내가 도토리묵을 만들었다. 진짜 도토리라 맛있어. 너거 좀 줄라고."

"아~ 며칠 있다가 가는데……. 어머니, 고마워요."

미안함과 고마움이 한꺼번에 몰려와 능청스럽던 목소리가 떨렸다.

우리는 노천극장 옆 에르베 광장(Piazza Erbe) 여기저기를 돌아보고, 때마침 그곳에서 열리고 있는 노천 시장에 빠져 이탈리아의 낭만을 즐겼다. 그런데, 앗! 그만 피노키오를 만나고 말았다.

순간, 이탈리아 베로나를 서울이라 말한 남편과 내 코가 쭉쭉 길어진다. 하필이면 피노키오 인형 가게가 있다니….

베로나, 이탈리아.

검은 세상

공항에서 렌터카와 여행안내를 받고 나온 지 얼마 되지도 않았는데 집도 없고, 사람도 물론 보이지 않고, 달리는 자동차조차 드물다. 우리는 순식간에 키 큰 나무들이 만든 터널 속을 달리고 있었다. 비는 쉴 새 없이 주룩주룩 내리는데….

펠레 여신이 노하면(?) 화산이 폭발한다는데 이번엔 펠레 여신에게 슬픈 일이 있는 것일까. 하늘에선 그녀의 눈물인 듯 비가 내렸다. 많이도 내린다. 몸과 마음이 자꾸만 움츠러드는 우리. 이곳은 하와이 제도에 있는 빅 아일랜드(Big Island)다.

호놀룰루(Honolulu)에서 빅 아일랜드로 가는 방법은 오로지 비행기로 움직여야 한다. 우리는 Hilo(동쪽)로 가서 Kona(서쪽)에서 1박을 하고, 다시 Hilo에서 오기로 했다. 호놀룰루에서 약 40여 분 동안 비행한다. 여행 떠나기 며칠

전, 호놀룰루 현지 여행사(한국인)에서 빅 아일랜드행 비행기와 숙소, 렌터카를 예약했었다.

우리가 간 하와이섬, 즉 빅 아일랜드는 하와이 제도에서 가장 크면서도 가장 늦게 생성된 섬이다. 영문 안내에 보면 빅 아일랜드 소개에 "the biggest, the youngest volcano." 라 표현되어 있다.

빅 아일랜드섬의 면적은 다른 섬들을 모두 합한 면적의 2배가 넘는다. 이곳의 화산은 모두 해저에서 솟은 거대한 순상화산(楯狀火山), 즉 점성이 매우 작은 현무암질의 얇은 용암류가 여러 번 분출하여 생긴 화산 형태로 방패를 엎어 놓은 듯 완경사를 이룬다 해서 방패 화산이라고도 한단다.

섬 중앙에서 약간 남쪽에 위치한 마우나로아(Mauna Loa, 13,679ft, 약 4,200m) 화산은 세계에서 가장 큰 화산인데 지금은 잠시 쉬는 휴화산이다. 그런가 하면 국립공원으로 지정된 킬라우에아(Kilauea) 분화구에서는 여전히 용암을 간간히 분출하고 있다.

빅 아일랜드섬의 중앙부에는 4,000m가 넘는 마우나 케아

(Mauna Kea)와 마우나 로아(Mauna Loa) 등 2개의 산이 우뚝 솟아서 그 자태를 자랑하고 있다.

새벽 비행기를 탄 탓에 잠시 졸고 나니 다 왔단다. 근데 창밖으로 비가 내리고 있었다. 아, 이런~ 이렇게 귀한 곳에 왔는데 비가 오다니, 많이 아쉬웠다. 그리고 생각보다 추웠다.

렌터카 사무실의 하와이 원주민 뚱보 아줌마(?)의 말에 의하면, 이곳 Hilo는 365일 중 360일은 비가 온단다. 이 말이 약간의 위로가 되기는 했다(이번 여행은 사전에 준비하지 못한 탓에 이런 사실을 몰랐었다).

이곳 섬의 동부는 비가 많고 기온이 높아 열대 식물이 재배되고, 서부는 코할라 코스트를 중심으로 리조트가 개발되어 1년 내내 관광객들의 발길이 끊이지 않는 곳이란다.

우리의 렌터카는 11번 국도를 따라 동쪽으로 달린다. 이 땅이 굳어진 용암, 아직도 허연 연기가 날리는 화산지역이어서 그럴까. 아니면 내리는 비 때문일까. 왠지 마음이 무겁다. 하기야, 지금도 살아 꿈틀거리는 땅 위에 내가 있다는 것과 눈 앞에 펼쳐진 황량한 풍경에서 자연의 거대한 힘을 보니 미약한 인간인 내가 두려움을 느끼는 것은 어쩌면 당연한 것인지도 모른다.

먼저 하와이 빅 아일랜드 화산 국립 공원(Hawaii Big Island Volcanoes National Park)을 방문했다. 마우나 로아(Mauna Loa) 화산 일대와 킬라우에아(Kilauea) 화산이 포함된 지역으로 이 섬의 남동부 약 929㎢에 이르는 광활한 지역을 말한다.

입구를 통과하니 눈앞에서 하얀 연기가 솟는다. 유황 가스란다. 또 다른 곳에서는 웅덩이 같은 곳에서 뜨거운 증기가 나오고 있었다. 이것은 지하의 Steaming Bluff(절벽)에서 마그마에 의해 지하수가 끓은 수증기란다. 차에서 내려 가까이 가니 뜨거운 기운이 훅 올라온다.

이제는 방향을 바꾸어 11번 도로를 따라 서쪽으로 달린다. 코나 시티로 가는 길이다. 이 길에 펼쳐지는 광경은 나를 숨 막히게 했다. 검다! 눈에 보이는 모든 것이 다 검다. 검은 것들이 그냥 쫙 펼쳐져 있다. 생명체라고는 없어 보이는 그 야말로 검은 세상! 이 위에 있는 나 역시 검은 인간이 되는 듯했다.

빅 아일랜드.

제1부

얼마나 왔을까. 어디쯤 왔을까. 끝없이 펼쳐지던 검은 세상 도로에서 이때까지 보이지 않던 신호등이 보이고 'waikoloa beach road'라는 팻말이 보인다. 확실치는 않지만(차에 내비게이션을 신청하지 않았으니), 우리는 그 길을 따라 들어갔다. 순간, 눈앞에는 또 다른 세상이 펼쳐졌다.

이때까지는 볼 수 없었던 화려한 꽃들이 피어 있고, 시원한 야자수와 푸른 잔디, 멋진 골프장, 그림 같은 예쁜 집들이 있는 게 아닌가.

와이콜로아 빌리지에는 힐튼, 비치 매리어트 등 대규모 리조트 단지와 골프장이 있다. 리조트 단지 내에는 셔틀이 다니고 킹스 숍(King's Shop)에는 다양한 레스토랑과 쇼핑몰이 있어서 렌터카 없이도 이동이 가능하다. 예약한 리조트 입구에서 우리 이름을 대니 닫혀있던 대문이 저절로 열린다. 남편은 숙소에서 몇 발자국 앞에 Waikoloa 비치 골프 코스 15번 홀이 있다며 몸이 달아 야단법석이었다.

이곳은 분명 검은 세상, 바로 거기였는데, 용암이 굳어 버린 그 위를 이렇게 다른 세상으로 바꾸어 놓은 것이다. 자연의 거대한 힘이 놀랍지만, 인간의 힘 또한 대단하고 놀랍다.

빅 아일랜드.

솔직히 아쉬움도 많았던 여행이었다. 왜냐하면 이번 여행은 직장 일과 이런저런 일들로 나의 다른 여행과는 달리 사전 준비를 철저히 하지 못했다. 물론 좋은 리조트에서 잘 지내다 왔지만, 여행기를 적다 보니 귀한 곳에서 놓친 것들이 눈에 띄어 아쉬움이 남았다. 그리고 배운다. 삶에서는 어떤 환경이라도 순간순간에 최선을 다해야 한다는 것을 말이다.

정말 다시 한번 가고 싶은 빅 아일랜드다.

시계

그라츠(Graz)는 오스트리아의 수도 빈(Wien)에서 남서쪽으로 약 150㎞ 정도 떨어져 있는 제2의 도시다. 또한, 알프스의 나라 오스트리아에서 유일한 평야 지대이다. 이 도시를 여행지로 택한 이유는 오랜 전통을 자랑하는 대학 도시로서 수만 명의 대학생이 있는 젊은 도시이면서도 한편으로는 유네스코 지정 세계 문화유산으로 등록된 구시가지 때문이다.

빈 서역 주변 한인 민박에서 첫 밤을 보내고 한국에서 예약한 기차를 탔다. 우리는 아름다운 철길이라고 소문이 난 오스트리아의 풍경을 보며 그라츠에 도착했다. 허나 이곳에서는 1박만 하고 다음 날 렌터카를 받으러 가야 하기에 시간이 넉넉지 않았다. 또 여행의 시작이었기에 그라츠의 상징이라는 시계탑(Uhrturm)과 시내 전경을 볼 수 있는 그라츠 '슐로스베르크(Schlossberg) 성채'만 찾았다.

이 성채는 16세기 중반에 세워진 것으로 나폴레옹과의 평화 조약에 의해 철거되었지만, 시민들의 간청으로 시계탑과 종탑만 남아 있단다.

언덕 위로 멋진 시계탑이 보인다. 승강기를 타고 올라갔는데 눈 앞에 펼쳐지는 풍경에 감탄사가 절로 나온다. 빨간 지붕이 빼곡한 구시가지 풍경은 생각했던 것보다 훨씬 아름답고 멋진 모습이었다.

성채의 아름다운 정원에 우뚝 선 커다란 시계탑, 그런데 자세히 보니 시곗바늘이 좀 이상하다. 긴 바늘이 시간을 가리키고, 짧은 바늘이 분을 가리키니 일반 시계판과는 거꾸로다. 고장이 난 것일까(사실은 언덕 아래 먼 곳에서도 시간을 알 수 있도록 배려한 것이란다)? 갑자기 고장 난 내 시계가 생각났다.

언젠가부터 내 삶의 시계가 고장이 난 듯하다. 점점 빨라진다. 어린 시절 나는 거북이처럼 느렸던 아이였다. 부끄럼이 많아 앞에 나서서 말 한마디 못 했다. 달리기는 늘 꼴찌였고, 고무줄놀이, 공기놀이를 할 때도 늘 뒷전에 있었다. 그래서일까. 날쌔고 총명한 토끼를 좋아했다. 어쩌면 토끼처럼 재빠르고 총명하고 당돌해지고 싶었는지도 모른다.

토끼의 낮잠 덕일까. 이제는 상황이 바뀌었다. 토끼가 나무 그늘 밑에서 쿨쿨 단잠에 빠져 있는 사이 내 나이는 로켓을 단 세월을 타고 중년이 되었다. 세상의 기술 또한 토끼 꾀보다 앞서게 되었다.

사람들을 태우고 달리던 마차는 기억 속에서나 달각거리고 지금은 시속 몇백 ㎞의 속도로 쌩쌩 달리는 KTX에 익숙하다. 이뿐만이 아니다. 이제는 스마트폰으로 바로바로 얼굴을 보며 이야기하는 시대이니 제아무리 빠른 토끼인들 이렇게나 모든 것이 초스피드의 세상이 될 줄은 몰랐을 게다.

그런데 이런 변화의 시간을 타고 중년이 된 나에게 문제가 나타났다. 먹은 나이만큼 듬직하면 좋으련만 그렇질 못하다는 거다. 서두르는 것이다. 그러다 보니 여기저기 부딪히는 일도 많아졌다. 이것도 모자라서 언제, 어디에서나 "더 빨리!"를 외친다.

멋진 시민들의 힘으로 지금까지 지켜낸 그라츠(Graz) '슐로스베르크(Schlossberg) 성채'의 시계처럼 고상한 내가 되고 싶

은데 왜 이렇게 마음만 앞서서 달리는지 모르겠다. 이렇게
고장 난 내 삶의 시계, 수리가 가능할까?

시계탑. 그라츠, 오스트리아.

대략 난감

자이푸르, 인도.

인도 자이푸르(Jaipur)의 한 신발 가게다. 예쁜 구두들이 보인다. 허나 선뜻 손이 가지 않는 것은 새 신발이 주는 불편함 때문이다.

나는 그 불편함이 유별나서 늘 한 치수 큰 신발을 신는다. 하기야 이것 역시 불편하기는 마찬가지다. 그러다 보니 한번 발에 맞는 신발은 수선을 해서라도 신는다.

늘 즐겨 신는 구두의 굽이 속살까지 허옇게 드러냈다. 또 수선하기로 했다. 구두는 이렇게 수선할 수 있으니 얼마나 다행인지.

처음에는 뻑뻑해도 시간이 흐를수록 익숙해지는 것은 구두뿐만이 아니라 사람의 만남도 이와 같은 듯하다. 결혼 생활은 더욱더 그렇다. 남녀가 서로 사랑해서 결혼한다지만 각각 다른 환경에 길든 채로 살다가 갑자기 함께 생활하는 것은 마치 새 신발을 신는 것처럼 뻑뻑하고 불편하다.

나 역시 결혼하여 이렇게 저렇게 서로에게 길든 지 수십년. 이제는 새 신발이 주는 불편함 같은 것들은 사라지고 잘 길든 신발처럼 편안한 우리 부부다.

그런데 한 가지 문제가 생겼다.

중년이 된 남편, 무엇이든 나를 찾는다. 본인 스스로 하기보다는 마누라의 손길만 바라는, '젖은 낙엽 증후군' 증세가 보이는 것이다. 중년 남자들이 젖은 낙엽처럼 마누라에게 딱 들러붙어 있다는, 즉 모든 일에 아내만 쳐다보며 아내만 따라다닌다는 말이다. 여자들끼리 이야기해 보면 우리 집 남자만이 아니라 집마다 다 그러하단다.

사실 아이들 뒷바라지가 끝이 난 아내들은 이제는 좀 자유로워지고 싶다. 그동안 못했던 이런저런 취미생활도 하고, 친구들과 여행도 가고 싶다. 그런데, 그동안 바깥으로 돌던 남편이 이제 와서 마누라 손길만 바라며 아내 옆에 딱 붙어서 눈치를 보니, 자유를 찾는 아내는 아내대로, 아내만 찾는 남편은 남편대로 불편하기 짝이 없다.

아내 입장에서는 이런 남편을 아예 모른 체하려니 마음이 쓰이고, 그렇다고 일일이 다 들어주자니 힘들고, 그냥 확 버리자니 그동안 투자한 시간과 노력이 아깝다. 정말이지 남편도 신발처럼 수선이라도 할 수 있으면 좋으련만, 수선도 불가능하니 이를 어찌하면 좋을까.

"자기야, 이리 와봐~"

이구~

또 부른다.

등갓

오사카, 일본.

망설이다가 들어온 실내는 서먹했다. 일본 오사카 낯선 곳의 맥줏집이니 더 그러하리라. 주뼛거리며 빈자리에 앉은 우리를 테이블 위의 환한 불빛이 따뜻하게 반긴다. 한참 후에야 전등에 예쁜 등갓이 있다는 걸 알았다.

주름으로 장식된 고상한 멋에 자꾸만 눈길이 간다.

뜨거운 열기도 마다치 않고 자신의 몸으로 불빛을 모아 주는 등갓. 등갓의 역할이 마치 자신보다는 먼저 자식을 생각하는 엄마의 사랑을 생각나게 한다.

어린 시절, 겨울은 무척 추웠다. 차가운 바람은 벌거숭이 나무들을 흔들어 윙윙 소리를 내며 울게 했다. 특히 밤이면 그 소리가 크게 들리니 나무 울음소리가 무서웠다. 그래서 어린 나는 엄마가 저녁 예배를 드리러 가실 때면 따라가곤 했는데, 겨울바람도 따라왔던 모양이다. 마룻바닥에 앉아 예배를 드릴 때면 찬 바람은 이리저리 돌아다니며 냉기로 사람들을 움츠리게 했다. 이럴 때면 엄마는 당신 추위는 아랑곳하지 않고 당신의 치맛자락으로 나를 덮어 주며 추위를 막아 주었다. 그 치마에선 엄마 냄새가 났었다.

엄마 치마를 닮은 저 등갓으로 자꾸만 눈길이 가는 것은 어느덧 중년의 나이가 넘었건만 이렇게 추운 겨울이면, 혹은 세상살이에서 마음이 추울 때는, 지금도 포근했던 엄마 치맛자락이 그립고 엄마 냄새가 그립기 때문이 아닐까.

엄마 치마를 닮은 등갓 덕이었을까. 낯설었던 오사카의 밤이 왠지 푸근하게 느껴졌다.

어느 성탄절

아직도 짠하다.

필리핀 막탄(Mactan)섬 ○○○○리조트에서 세부(Cebu) 시
내로 나들이 가는 길은 또 다른 세상이었다. 럭셔리한 리조
트 안의 세상과는 너무나 다른 모습이 펼쳐지고 있었다. 길
에는 온갖 모양의 탈것들이 무질서하게 다니고, 나무, 양철,
상자 종이 등으로 이리저리 붙이고 엮어 놓은 집들, 옷도 제
대로 입지 않은 아이들이 바글거리는 거리의 모습은 나를 위
축시켰다.

혼란한 거리를 벗어나 세부 시내 어느 신호등에서 우리가
탄 택시가 잠시 정차한 사이, 두 명의 여자아이가 택시 창문
에 달라붙었다. 헝클어진 머리에 커다란 눈망울로 차 안의
우리를 쳐다보며 입을 오물거렸다. 난 흔히들 있는 구걸하는
아이로 여기고 눈길도 주지 않았다.

잠시 후, 택시가 움직이자 딸이 말했다.

"엄마, 아까 걔가 창문에 대고 〈고요한 밤〉을 불렀어."

"그래?"

무심하게 받아 넘겼다. 그런데 시간이 흐를수록 자꾸만 그 아이 생각이 났다.

온 세상이 아기 예수 탄생일인 크리스마스인지라 기쁨으로 출렁이며 들떠 있고, 이곳 막탄섬과 세부 곳곳에도 성탄 장식이 찬란한데, 물론 구걸을 위해서라고는 하지만 딴짓도 아니고 크리스마스 캐럴을 불렀던 아이. 기독교인이라면서 성탄의 작은 나눔도 실천하지 못하는 내가 보였다. 물론 그 순간엔 동전 챙길 시간도 없었지만, 무엇보다 마음이 움직이지 않았던 내가 아니었던가. 자꾸만 부끄러워졌다.

다음날 해변 식당에서 만난 또 다른 아이. 나무 담장 사이 개구멍(?)으로 들어와선 "헤이~ 헤이~" 하고 나를 부른다.

이번엔 얼른 내 마음을 담아 동전을 주면서 "메리 크리스마스."라고 성탄 인사까지 했다.

막탄섬, 필리핀.

제1부

아이는 손에 쥔 작은 동전을 보며, 아니, 어쩌면 "메리 크리스마스."라는 말에 밝은 웃음을 짓고서, 가지도 않고 서서 계속 웃음을 보낸다. 마치 나에게 크리스마스 선물로 자신의 마음을 웃음으로 보내는 것처럼.

이 아이의 미소로 따뜻해지는 내 마음 한편에 〈고요한 밤〉을 부르던 그 아이가 떠올라 다시 나를 짠하게 했다.

첫 기도

호주 '시드니(Sydney)에서 살아 보기'를 하고 있는 시니어 4명(우리 부부와 남편 친구 부부)이 숙소에서 이른 아침에 길을 나선다. 이곳의 정신적 상징인 '세인트 메리 성당(St Mary Cathedral)'으로 간다. 이곳은 시드니 시내, 하이드 공원(Hyde Park) 속(동쪽)에 있는데 우리 숙소에서 그리 멀지 않았다.

1821년, 맥콰리 총독과 테리 신부에 의해 세인트 메리 성당 건립의 기초를 세우면서 본격적인 호주 가톨릭 시대가 열리게 되었단다. 그 후 1865년 화재로 인해 전소되었던 이 성당은 현재의 성당 모습으로 재건되었다고 한다.

대도시 한복판 잘 꾸며진 공원 속, 고딕 양식의 멋진 성당은 당연히 눈길을 끈다. 내부에 들어가 보니 깔끔하면서도 온화하고 평온했다. 반면에 색색의 스테인드글라스가 화려함을 보탰다.

성당 의자에 앉아 잠시 기도를 드렸다. 또 다른 낯선 길에
서의 좋은 여행에 감사드리니 가슴 한켠이 찡해져 온다. 호
주의 성전에서 드리는 첫 기도라 더 그런가 보다.

성 메리 성당. 시드니, 호주.

어느 해 설날 아침이다.

오라버니댁에서 온 가족이 새해 아침 가정 예배를 드리려는데 다섯 살 조카 손자가 대표 기도를 하겠다고 자청했다. 그리하라 했다. 막상 기도 차례가 되자 어른들이 더 긴장되었다. 아이는 제법이나 엄숙한 목소리로 기도를 시작했다.

"하나님…."

"우리는… 이제… 나이를 한 살 더 먹었습니다."

아이의 목소리가 떨리기 시작했다.

"올해도…."

점점 더 울먹이는 소리로

"우리가… 잘 살게 해 주세요… 흑흑흑."

"……."

한동안 긴 침묵이 흐르자 여기저기에서 웃음소리가 새어 나온다. 이때 할아버지께서 "아멘." 하면서 기도를 강제로 끝냈다. 새해 아침 예배는 눈물과 웃음이 뒤엉켜 야단법석이 되었지만, 이상하게도 아이 따라 눈물을 훔치는 어른들이다. 왜 어른들 눈에서도 눈물이 흐르는 걸까.

'한 살 더 먹은 나이'라는 말이 왜 이토록 가슴에 와닿는지. 나이 드는 것은 단지 늙어 간다는 뜻인가? 아니다. 나이를 먹는다는 것은 지금 살아 있음이니 얼마나 감사하고 감격스러운가를 일깨워 준 것이다.

"올해를 잘 살게."라는 아이의 말은 '주어진 시간 속의 삶에서 사랑을 담아서 열심히 살아라.'고 하는 뜻이리라.

사실 우리는 늘 새로운 시간 속에서 살고 있다.

굳이 새해 첫날이 아니라도 늘 새로운 하루, 새로운 시간인 것을….

새삼스레 모든 것이 새로워진다.

성 메리 성당. 시드니, 호주.

제1부

Photo essay

제2부

손님맞이

주택 사이 좁은 공간의 철로로 달리는 에노덴 기차를 타고 장곡(長谷, 하세)으로 왔다.

이곳은 일본 효고현 간자키군 가미카와정에 위치한 곳으로 고덕원(高德院, 고토쿠인)의 청동 대불(가마쿠라 대불, 동조아미타여래 좌상)과 장곡사(하세데라)가 유명하다.

1300여 년의 유서 깊은 사찰인 장곡사(하세데라)를 찾았다. 이곳에는 '11면 관음보살 대불'이 유명하단다. 그는 실내에서 거대한 모습으로 있었는데 직접 보려면 공양을 해야 한다.

밖으로 나왔다. 사찰 뜰에는 일본 특유의 정원이 정갈하면서도 예쁘게 손질되어 있었다. 파릇하게 돋아나는 나뭇잎들의 살랑거림과 지장보살의 예쁜 미소에 꽃들도 수줍게 입술을 내밀며 봄을 맞이하고 있었던 것을 기억한다.

그 봄기운이 여기에도 왔나 보다.

이제는 제법이나 따사로운 햇살이 느껴진다.

장곡사. 하세, 일본.

나도 겨우내 묵혀 두었던 것들을 청소해야겠다.

추위를 핑계로 쌓아둔 먼지 털어내고 굳은 몸을 풀련다.

달라진 흙 기운에, 물오른 나뭇가지 흔들며 그가 온다니까.

봄이 오고 있다 하네.

슬픈 나무

　라오스 방비엥(Vang Vieng)에서 비엔티안(Vientiane)으로 돌아오는 길에 잠시 들린 고무나무 숲, 수많은 나무가 하나같이 나무껍질이 칼로 잘린 채 눈물인 양 하얀 진물을 흘리고 있었다. 내가 몇 년 전에 경험한 기억이 물씬 올라온다.

방비엥, 라오스.

햇살이 눈 부신 초봄 어느 날, 남편과 함께 가야산을 찾았다. 그때 주차장 상점 주인이 권한 한 잔의 수액을 받아 마셨는데 고로쇠 수액이라 했다.

우리는 보이지 않는 봄을 찾기라도 하듯 발길을 옮긴다. 하지만 산에는 봄기운은커녕 겨울의 검은 그림자가 그대로다. 여기에 계곡을 따라 이어져 있는 허연 호스들이 을씨년스러운 분위기를 보탰다.

너부러져 있는 플라스틱 호스가 거슬리지만, 계곡물을 대는 것이라 생각했다. 그런데 내 발걸음을 따라오던 호스는 산으로 올라갈수록 더 넓게, 여러 갈래로 온 산에 펼쳐져 있는 게 아닌가.

길 가까이에 있던 호스 한줄기를 따라가 보았다. 그 끝이 나무 둥치에 맞닿아 있다. 뾰족한 끝이 나무껍질을 뚫고서 박혀 있는 것이 아닌가. 이미 나무 여기저기에는 아픔의 흔적들인 상처 구멍이 슬픔을 가득 담고 있었다. 때마침 불어온 바람은 나무의 울음소리가 담긴 듯 윙윙거렸다.

사실 나무들은 겨울이 되면 자신의 몸에서 수분을 빼어버린단다. 얼지 않기 위함이란다. 봄이 되면 나무는 다시 몸에 물을 채운다. 이번엔 새싹과 꽃눈을 틔우기 위한 것이란다. 나무의 생명수가 되는 물인 게다.

사람들이 이때를 놓치지 않고 나무 수액을, 아니, 나무의 생명수를 빼내어 이것을 비싼 값에 사고판다. 이게 바로 고로쇠 수액인 것이다. 참고로 고로쇠, 자작, 다래나무, 단풍나무 등이 물을 많이 올린다고 한다.

나무들은 봄을 생각하며 희망에 부풀어 있는데 어느 날 갑자기 온몸 여기저기를 찢겨야 했으니 얼마나 아팠으며 자신의 생명수가 빠져나가는 허기는 또 어찌 감당했을까. 조금 전 상점에서 얻어 마셨던 고로쇠 한 잔이 나를 나무에게 고개를 숙이게 했다.

라오스 방비엥의 고무나무들. 진액을 빼내는 것이 그들의 숙명이라 해도 하얀 진물을 뚝, 뚝 흘리는 모습 앞에서는 내 마음이 짠해질 수밖에 없었다.

골무

햇살이 눈 부시다.

겨우내 때 묻은 홑청을 새것으로 갈아입힐 참이다. 이불을 펴니 옛 기억이 먼저 눕는다. 엄마는 대청에 이불을 넓게 펴놓고 그 속에 감추어 놓았던 것을 뽑아내기라도 하듯 긴 실을 술술 뽑아내며 바느질을 하시곤 했다. 잠시 옛 생각을 하는 사이 바늘에 손가락을 찔리고 말았다. 이때 생각난 것이 골무다.

골무는 바느질하는 이의 손부리가 바늘귀에 찔리는 것을 제 몸으로 막아 주는 역할을 한다. 이런 골무를 잘 표현한 예가 「규중칠우쟁기론」이다. 세요 각시(바늘), 척 부인(자), 교두 부인(가위), 인화 낭자(인두), 울 낭자(다리미), 청홍흑백 각시(실), 감투 할미(골무). 일곱 친구가 바느질에선 자신이 최고라고 다투자 화가 난 규방 주인이 꾸짖었다. 이때 먼저 나서서 사죄하고 용서를 빈 것이 바로 감투 할미, 골무다.

나는 아주 귀한 골무 몇 개를 가지고 있다. 이것은 세상에서 유일한, 우리 엄마표 골무다. 내가 결혼할 때 엄마가 손수 만들어 주신 것이다.

아픈 손가락을 쥐고서 반짇고리에서 잠자고 있던 이 골무를 끄집어내어 한참 들여다보았다.

한가운데는 청실홍실을 뱅뱅 꼬아 돌려 바늘 끝이 못 들어가게 단단하게 했고, 가장자리에는 작은 천 조각들로 색상을 맞추어 박았다. 색실 수까지 놓았다. 이토록 섬세한 솜씨엔 엄마의 사랑이 그대로 녹아 있었다. 엄마는 분명히 이 골무를 만들며 시집가는 딸을 위해 눈물의 기도도 했으리라. 그러고 보니 골무 쓰임새가 항상 자신보다는 먼저 자식을 생각하는 어머니의 마음 같다.

우리 동네 사거리에 작은 구두 수선방이 있다. 앉은뱅이 의자엔 시커먼 고무 앞치마를 입은 아저씨가 상처 난 자신의 삶을 깁듯 아픈 구두를 수선하고 있다. 비가 오나 눈이 오나 매일 이곳을 찾는 할머니도 계신다. 당신의 불편함이나 힘듦은 문제가 되지 않는 듯 늘 좁은 그곳으로 들어가신다.

하반신 불구의 불편한 아들의 손발이 되기 위해, 아들의 아픔을 대신하는 감투 할미로, 매일 구둣방을 지키는 그의 어머니시다.

델리, 인도.

아마도 세상의 모든 어머니는 자식을 위해서는 바느질할 때 쓰이는 골무처럼 자신을 희생하는 감투 할미 역할을 주저하지 않으리라.

나의 골무를 바라본다. 새삼 어머니의 목소리가, 그 손길이 느껴지는 것만 같다.

햇살이 찰랑거린다.

아그라, 인도.

꿈꾸는 크레용

우체국으로 향하는 작은 소포 꾸러미에 짙은 라일락 향이 앉았나 보다. 자꾸만 꽃향기가 따라온다. 나는 지구의 반대편 아프리카로 무지갯빛의 희망과 꿈을 보내려 한다.

우체국 직원이 소포 꾸러미를 이리저리 살핀다. 저울 위에 올려 무게를 달더니, 누런 종이 옷 위에 도장도 꽝꽝 찍고는 우편 행랑 속에 밀어 넣는다. 나도 소포 꾸러미를 따라 시간 저편에 잠자고 있던 기억 속으로 들어간다.

어린 내가 대청마루에 엎드려 그림을 그리고 있다. 초록색으로 잎들이 무성한 큰 나무를 그리고 고동색 나무둥치도 그린다. 장독대 옆 화단에는 빨간 꽃, 노란 꽃이 피어 있고, 둥근 초가지붕 위에는 커다란 호박도 있다.

내가 이렇게 그림을 그릴 수 있었던 것은 크레용이 있었기 때문이다.

선물로 받은 구호물자 미제 크레용. 딱딱해서 색깔도 제대로 나오지 않았지만, 나에게 크레용이 있다는 것만으로도 뿌듯하고 행복했었다.

이처럼 나의 후원 아동도 내가 보내는 크레파스로 자신의 꿈을 그릴 수 있는 멋진 선물이 되면 좋겠다. 물론 우선의 배고픔을 면하게 해 주는 것도 중요하다. 하지만 더 중요한 것은 앞으로의 삶에 대한 꿈과 희망을 가지는 것이 아닐까.

초록색 크레용으로 푸른 잔디의 축구 경기장을 그리고, 빨간색 크레용으론 커서 되고 싶다는 축구 선수의 모습을 그리며 꿈을 꾸었으면 한다. 더 나아가 어린 내가 '미국'이라는 나라 이름을 알았듯이 이 아이도 '코리아'라는 나라를 기억해 준다면 더 좋을 거다.

나는 거리의 화가나 거리에서 판매하는 그림을 보면 사진을 찍고 싶다. 산마리노(San Marino) 공화국의 어느 성당 앞에서 그림을 파는 화가. 자신의 그림이라며 수줍게 답을 하

시더니 내 카메라 앞에선 웃으시며 기꺼이 포즈를 잡아 주
시네.

산마리노.

산마리노 공화국(Republic of San Marino)은 세계에서 다섯 번째로 작은 나라이자 가장 오래된 공화국이다. 4세기 초, 성 마리누스와 기독교인들이 종교 박해를 피해 이곳에 뿌리를 내렸다고 한다. 신앙을 지키고자 고향을 떠나 낯선 땅에서 살기는 쉽지 않았을 터인데 그들만의 신앙으로, 문화로, 방식으로 이때까지 지켜낸 작은 나라다. 이 나라는 이탈리아 속 아드리아 해안에 위치해 있고, 고도가 높아 여름에는 시원하고 겨울은 따뜻해서 수많은 관광객이 찾아온단다.

자신의 그림 앞에서 환하게 웃는 산마리노의 화가처럼 나의 후원 아동도 자신의 꿈을 신나게 그렸으면 한다.

노랑 저고리

　체코 체스키 크룸로프(Český Krumlov)다. 오스트리아 잘츠부르크(Salzburg)에서 렌터카로 3시간 동안 달려 도착했다. 또 다른 이곳 분위기에 들뜬다. 얼른 많은 시간이 흐른 골목을 걸어 본다. 그리고 중세 시대로 들어간다. 옛 냄새들을 그대로 묻힌 낡은 집들은 보헤미안 멋이 되고, 돌들이 박혀 무늬가 된 길 위로는 치장을 한 말들이 달그락거리며 달려올 것만 같다. 고풍스러운 집들 사이에서는 수많은 옛날이야기도 피어날 듯하다. 이 작은 동네에서 단연 눈에 띄는 것은 마을 높은 곳에 위치한 성과 높은 탑이다.

　'체스키 크룸로프성(Zamek Cesky Krumlov).'

　체코에서 두 번째로 규모가 큰 성이란다. 성 외벽은 '스그라피토' 기법으로 채색되어 독특하고 색다른 멋을 더하고 있다.

　나는 거창한 성보다 옹기종기 이마를 맞대고 있는 집들에 마음이 빠져든다. 그 속에서 들려오는 가족들의 웃음소리,

맛있는 음식 냄새, 불빛이 새어 나오는 창문에서 소소한 행복이 보이는 듯하여 빨간 지붕들이 더 아름답게 느껴졌다.

　이곳에는 당일치기 관광객이 많은데 우리는 하룻밤을 보냈다. 아침 일찍 집을 나섰다. 동네 여기저기를 둘러보다 큰 도롯가에서 노란 민들레꽃을 보았다. 예쁘다. 우리나라 것과 똑같아 반갑기까지 했다.
　나는 아파트 뜰, 시멘트가 갈라진 틈에서 핀 민들레꽃을 본 적이 있다. 봄 햇살이 환하니 초록의 작은 꽃대 위 노란 웃음에 눈이 부셨더랬다.

아버님 병간호에 여념이 없는 어머님에게 봄소식을 전했다. 연둣빛 새싹들이 노래하고, 뜰에는 노란 민들레가 피었다고.

"민들레, 나는 그 꽃이 참 좋더라."

어머니께서는 아련한 기억이라도 찾으려는 듯 창밖으로 눈길을 보내셨다.

민들레꽃을 좋아하시는 어머니는 부유한 집의 막내딸이었다. 열세 살 되던 해, 맑은 하늘에서 노란 별들이 번쩍거리는 것을 보아야 했다. 엄마가 갑자기 돌아가신 것이다. 얼마 후 아버지가 맞이한 새엄마의 구박은 날로 심해져 갔다. 그러다 열여섯 살 동지섣달, 다른 친구들은 가방 들고 학교로 가는데 어머님은 도망치듯 시집을 갔단다. 노랑 저고리를 입고서.

시집 생활은 궁핍했다. 하지만 오히려 마음만은 편한 생활이었다. 허나 이 나라에 전쟁이 일어났다. 남편을 전쟁터로 보내야 하는 어린 신부는 또 다른 노란 하늘을 보아야만 했다. 여기에다 남편 없는 어린 여자를 넘보는 검은 그림자들의 유혹과 희롱이 수시로 시커먼 바람으로 몰아쳤다. 그럴 때마다 예배당으로 숨으셨단다.

드디어 전쟁터에서 남편이 무사히 돌아왔다. 허나 기쁨도 잠시, 남편은 동네 반장이 마을 아녀자들을 겁탈했다는 소문에 자신의 아내까지 의심하더란다. 어처구니없는 서러움과 아픔, 참담함의 세월을 또 참아냈다.

그러고 보니 어머님의 질풍경초(疾風勁草) 같은 삶도 생명력 강한 민들레를 닮았다.

이제는 노란 꽃잎 지우고 하얀 홀씨를 머리에 인 민들레같이 어머님의 머리도 하얗게 변했다. 노란 불꽃 잔치가 끝나면 하얀 갓털의 홀씨로 홀홀 털어버리는 꽃, 민들레.

어머님 삶의 응어리도 홀씨처럼 다 날아간 것일까. 요즘 어머니께서는 이때까지 생명을 지켜주신 하나님께 감사 기도를 드린단다. 노란 민들레처럼……

'감사하는 마음', 민들레 꽃말 중의 하나이다.

민들레꽃은 이 봄을, 우리 마음을, 체스키 크룸로프 마을을 노랗게, 노랗게 물들이고 있다.

체스키 크룸로프, 체코.

수상 시장

아파트 앞 길가 담장에 알록달록 모자들이 달려있다. 어느 어르신께서 모자들을 예쁘게 진열해 놓고 장사를 하고 계셨다.

손길 하나에도 정성을 다해 마치 아기를 다루듯 모자들을 만지신다. 담에 걸린 거울도 바로잡아 놓으시고 연신 먼지떨이로 모자에 앉은 먼지를 털어내며 온 마음을 다하신다. 지나가던 아줌마들이 그 앞에 발걸음을 멈춘다.

멋진 상점가가 된 듯하다.

길가 담장 상점을 보니 특이했던 물 위의 상점들이 생각났다. 물길 따라 상점들이 줄지어 있고, 수많은 배들이 갖가지 상점이 되어 다니던 곳. 바로 수상 시장이다.

담넌사두억 수상 시장. 랏부리, 태국.

사실 수상 시장은 우리나라에선 볼 수가 없다. 그러니 나는 꼭 한번 가보고 싶었다. 허나 첫 번째 태국 여행에서는 가지 못했는데 이번엔 기회가 왔다. 그것도 담넌사두억 수상 시장(Damnoensaduak Floating Market)에 간단다. 이 시장은 방콕에서 서남쪽으로 약 100㎞가량 떨어진 랏부리에 위치한 곳으로, 100여 년의 역사를 지닌 유명한 수상 시장이다.

아침부터 태국의 햇살은 뜨거웠다. 2시간이나 가야 하기에 서둘러 길을 떠났다. 부푼 마음만큼 우리를 실은 하얀 벤은 잘도 달린다. 복잡한 도시를 벗어나 물을 담고 누워 있는 넓은 평야를 지나고, 푸른 잎을 펄렁이며 춤추는 야자수 나무숲도 지난다.

우리는 시장보다 훨씬 먼 곳에서부터 보트를 타고 풍광을 즐기며 수상 시장으로 향했다. 할머니가 아기를 배에 태워서 노는 모습, 집 앞으로 흐르는 물에 빨래하는 아낙, 자가용 보트를 집 앞에 정차해둔 가정집, 집마다 마당 한 편에 마련한 작은 사원들도 보면서 우리도 수상 가옥의 일상에 빠졌다.

담넌사두억 수상 시장은 생각보다 훨씬 큰 규모였다. 수로 양옆으론 각종 상점이 줄지어 있고 수로에는 관광객을 태운 배와 장사하는 배들이 줄지어 오갔다. 어떤 곳에서는 많은 배로 인해 정체가 생길 정도로 복잡했다. 북적대는 풍경에, 너무나 이국적인 모습에 여행의 맛에 푹 빠져든다. 배 위 상점에도 정말 없는 것 빼고 다 있다. 찻집 보트, 과일 집 보트, 식당 보트, 모자 가게 보트 등등······.

이렇게 주어진 환경에 따라 살아가는 인간들의 적응력과 능력에 감탄하고 삶의 지혜도 배우게 된 수상 시장이었다.

담넌사두억 수상 시장. 랏부리, 태국.

고백

새벽의 문. 빌뉴스, 리투아니아.

리투아니아 수도 빌뉴스(Vilnius)에 있는 '새벽의 문'을 찾았다. 이곳은 16세기에 르네상스 양식으로 지은 도시 방어용 성벽의 출입문 중 하나이다. 허나 지금은 가톨릭 신자들의 성지로 관광 명소가 되었다. 검은 성모상이 있기 때문이다.

우리가 방문한 시각에는 미사가 진행 중이었다. 예의상 안으로는 들어가지 않았고 입구에 있었는데, 내 눈에 한 곳이 포착되었다. 한적한 곳도 아니고 심지어 약간은 복잡하기까지 한 곳에서 여신도가 진지하게 고해성사를 하고 있었다. 고해성사, 그러고 보니 나도 고백하고픈 게 하나 있다.

이제는 솔직히 고백하련다.
내가 지독한 사랑에 빠졌음을.

그와 함께 있으면 참 좋다.
마음이 편안해진다.
세상도 달리 보인다.
보이지 않던 것도 환하게, 밝게, 잘 보인다.

내가 그를 다시 만나고 돌아가는 길에서는 왠지 짠했다.
콧등이 시큰했다.

나는 그를 만난 이후로 그를 잊은 적이 없다.
아니, 잊을 수가 없었다.
이제는 분명 내가 죽는 그 날까지 함께할 것이다.

요즘은 하루에도 몇 번씩 그를 생각하고 찾는다.
늘 함께하고 싶으니까.
난 이젠 그 없이는 아무것도 할 수가 없다.

그렇다.
이건 사랑이다.
사랑 중에서도 정말 지독한 사랑이다.

나는 또 이렇게 찾을 것이다.

"자기야~ 내 돋보기 못 봤어요?"

흔적

반세기가 넘는 시간의 뒤편 모습이 물 위 혹은 물아래에 그대로다. 잠시도 쉬지 않고 들락거리는 바닷물로 녹을 뒤집 어쓴 채 오래 세월을 견디고 있었다.

묵묵했다. 1941년 하와이 진주만에 갑자기 날아든 폭격은 말하기조차, 아니, 생각조차 하기 싫다는 듯이.

하와이에 사는 서방님(西房, 시누이의 남편)이 우리를 오하우 섬 남쪽 진주만(Pearl Harbor)에 있는 USS 애리조나 메모리얼 (USS ARIZONA MEMORIAL)로 안내했다.

이곳은 1941년 12월 7일 일본군의 기습 공격으로 태평양 전쟁의 시발점이 되었던 곳으로서 당시에 격침된 애리조나호 의 잔재 위에 세워진 기념관이다. 진주만이 바라다보이는 해 변에 위치한 방문객 센터에 들르면 당시 상황과 배경이 사진 과 모형들로 생생하게 전시되어 있다.

진주만, 하와이.

여기 부두에서 해군 정기 왕복 보트를 타고 태평양 바다 위 기념관으로 간다. 바다 위 기념관, 배에 도착하면 아직도 기름이 흘러나오는 애리조나호의 잔해를 볼 수 있다.

내가 찾은 그 날, 유난히도 푸르른 하늘은 바다를 진한 파란색으로 만들어서 더 슬픈 그림을 그리게 하고 있었다. 그때의 참담했던 아픔과 처참함을 그대로 보여 주는 듯했다.

부서진 군함 잔해들이 녹슨 모습으로 여기저기 흩어져 있고, 전사자들의 이름이 빽빽하게 적혀 있는 헌화 탑도 있다. 이 모습에 몇몇 서양 여인이 눈물을 훔친다.
왠지 모두가 조용해진다.
나는 파도를 타고 그때의 폭격 굉음이 들려올 것 같아 몸과 마음이 오그라들기도 했다.

아마도 세계 최고의 휴양지인 하와이에 아픈 역사의 생생한 현장이 있고 아직까지도 흔적이 그대로이니 모두가 말문이 닫히고 몸이 굳어지는 것이리라.

묵직한 고요가 계속되자 기념관 배 안으로 시원한 바람과 함께 파란 하늘빛이 들어오고, 출렁이는 바다 물결 소리도 들어와 움츠린 우리를 감싸주었다.

허나 진주만 애리조나호의 잔해는 비극의 날을 잊을 수 없다는 듯 그 모습 그대로, 그 자리를 지키고 있을 뿐이다.

진주만, 하와이.

세마나 산타(Semana Santa)

　기대를 잔뜩 안고 온 지중해. 하지만 내가 서 있는 발렌시아 해변 'El Cabanyal'에는 오는 봄을 시기라도 하듯 꽃샘추위가 나를 무기력하게 했다. 계절 탓(?)에 관광객은 없었고, 넓은 모래사장은 황량하기만 했다. 여기에 한 번씩 몰아치는 모래바람은 귀찮았다. 그때 어디선가 들려오는 악대 소리가 위축되어 있던 나를 다시 일어나게 했다.

　음악 소리를 따라 달려온 거리에는 수많은 구경꾼과 분장한 사람들의 행렬이 지나가고 있었다. 오로지 부활절 시즌에만 행해지는 행사이기에 서양 관광객들은 일부러 이 시즌에 여행을 온단다.
　'세마나 산타(Semana Santa)'
　기독교의 부활절을 앞둔 고난 주간에 예수님의 탄생, 고난과 부활이 재현되고, 마지막은 그리스도나 마리아의 성상들이 거리 행진을 하는 거룩하고 성스러운 행사다.

사람들은 이 행사를 위해 일 년 동안 준비하며 기다린단
다. 스페인 전역이 축제 기간으로 지키기에 TV에서도 연일
보도하곤 했다. 특히 본 고장인 발렌시아나 세비야 같은 남
부 지방에서 행해지는 축제가 더 전통색이 짙고 열기도 뜨겁
다고 한다.

나는 하나님께서 나를(우리를) 위해 늘 그 무엇을 예비하고
계심을 믿는다. 부끄럽게도 스페인 여행 기간이 '고난 주간'
이라는 것을 미처 생각지 못했다. 코르도바에서 고난 주간
행사로 명소 '메스키타'를 보지 못해 많이 아쉬워했었는데.
하지만 어쩌면 더 귀한 행사에 참여하게 되었으니 이는 분명
주님의 뜻이리라.

잊을 수 없는, 평생 간직할 부활절 선물이 된 스페인 발렌
시아의 '세마나 산타(Semana Santa)'다.

발렌시아, 스페인.

세마나 산타(Semana Santa). 발렌시아, 스페인.

거울

흔히들 "중국의 산을 보려면 황산에 가고, 물을 보려거든 구채구로 가라."라고 한다. '주자이고우(구채구)'는 중국 쓰촨성(사천성) 북부의 아바 티베트족 창족 자치주에 있는 자연보호구역이다. 이곳은 해발 2,000~4,000m의 '민(岷)산'의 Y자 골짜기로 천혜의 카르스트 담수 호수 지대다. 산맥에서 흘러나온 물이 호수가 되고 또는 폭포가 되어 경이로운 풍경이 펼쳐지는 곳이다.

이곳 협곡 중에서도 가장 화려한 물빛을 자랑하는 우화하이호(五花海, 오화해)에 오니 물 위에 산이 누워있다. 얼마나 물이 맑고 잔잔하면 이런 모습이 될까. 거울에 비친 듯 산 모습이 호수에도 그대로 있었다.

거울은 빛의 반사를 이용하여 물체의 형상을 비추어보는 물건이다. 그래서일까. 아이도 어른의 거울이라고도 한다.

순수한 아이들은 어른들이 하는 행동, 말 등 모든 것을 그대로 하니까. 내가 할머니가 된 지금, 손녀가 하는 것을 보면 내가 한 행동을 그대로 따라 하곤 해서 웃기도 하지만, 당황하기도 하는 요즘이다.

하기야 어린 나 역시 그랬다.

내가 초등학교 1학년일 때 첫 담임선생님은 할아버지셨다.

운동장에서 줄지어 갈 때 선생님이 "하나, 둘!" 하시면 우리는 "셋, 넷!" 하며 목청껏 소리를 지르면서 선생님 뒤를 졸졸 따라가곤 했다. 그런데, 우리 선생님께서는 한 번씩 "하나, 둘, 쿵!" 하실 적이 있었는데 당연히 우리도 "셋, 넷, 쿵!" 하며 선생님을 그대로 따라 했다.

그럴 때마다 선생님께서는 웃으셨다. 웃으시는 선생님 모습에 더 신이 난 우리는 더욱 크게 "셋, 넷, 쿵!" 하고 소리쳤다.

오화해. 구채구, 중국.

지금 생각해보면 선생님께서는 코가 막혀서 "킁!" 하셨는데 그것과는 상관없이 우리는 선생님이 하시는 대로, 그대로 "셋, 넷, 킁!" 했던 게다. 해맑던 어린 시절의 이야기다.

푸른색 계통의 모든 색인 파란, 옥빛, 연두, 비취, 쪽빛 등등의 색이 물속에 담겨 있는 오화호의 물처럼, 순수한 아이처럼 나도 다시 한번 맑아져 손녀에게 부끄럽지 않은 할머니가 되고 싶다.

오화해. 구채구, 중국.

오, 할렐루야

새벽잠에서 깨어 시드니 센트럴역에 온 우리 시니어 4명은 들뜬 마음으로 캔버라행 기차에 몸을 실었다. 드디어 호주의 수도 캔버라로 간다. 중간에 기차가 몇 번 정차했지만, 내리고 타는 승객들도 별로 없고 기차역들은 모두 작고 조용했다. 뻥 뚫린 들판을 가로질러 신나게 달리는 기차다.

어느덧, 도착 예정 시간 10여 분이 남아 있을 즈음, 방송이 나온다.

"캔버라, 어쩌고저쩌고⋯."

승객들은 다른 역에 비해서 많이 내렸으나 작은 역이었기에, 우리는 창밖을 내다보며 서로에게 나름의 설명을 했다.

"아~ 여기는 우리나라로 치면 대구역이야. 10분 정도 더 가면 큰~ 동대구역, 그야말로 진짜 캔버라역이 있나 봐."

느긋하게 앉아서 바깥 구경을 하고 있는데 여승무원이 오더니 "the last station." 하면서 어깨를 으쓱인다.

엉? 도착 예정 시각이 10여 분이나 남았는데? 아니, 이 시골 역 같은 곳이 캔버라 기차역이라고? 사실 우리는 거대한 땅의 나라를 다스리는 수도이니 기차역이 서울역만큼, 아니, 더 크고 멋질 거라고 생각했다. 그런데 대륙의 수도 캔버라의 기차역이 우리나라의 우등 열차도 가끔 정차하는 시골 간이역 같다니.

너무나 작은 규모의 캔버라 기차역에 당황하고 실망한 우리다. 여기에 우리를 더 황당하게 한 것은 역사 안에는 Information center도 없고, 우리 눈에는 역무원도 보이지 않는다는 거다. 시티 안내도는 있으나 가는 방법 등을 설명해 놓은 제대로 된 안내문은 찾을 수가 없었다. 우리는 시티 투어 버스를 이용해서 캔버라를 쭉 돌아볼 예정으로 여행안내책도 가지고 오지 않았는데(역 안의 작은 여행사는 패키지 투어만 하는 곳이었다)……

사실, 시티 버스 투어 외의 정보를 준비하지 않았다. 왜냐면 캔버라는 호주의 수도로 우리나라의 서울과 같이 모든 정보가 잘 되어 있을 거라 믿었으니까.

막막했다. 여기에 역 앞 광장은 우리를 더 멍하게 했다. 눈에 보이는 것은 넓은 잔디밭과 그 위의 키 큰 나무들, 이리저리 뻗어 있는 넓은 도로뿐이었다. 상점 하나도 없음, 사람들없음. 행선지도 적혀 있지 않은, 막대기 버스 안내판과 허술한 정류장. 그야말로 허허벌판에 서게 된 우리다.

물론 택시는 있었으나 캔버라를 직접 보고 느끼는 것이여행의 목적이었으니, 우리 60대 네 명은 찡그린 눈으로, 혹은 안경을 벗어들고 각자 스마트폰을 두드리며 검색에 들어갔다.

어쨌든, 검색 결과 우리가 가고자 하는 Capital Hall까지는 도보로 30분 거리란다. 우리는 용감하게(?) 걸어가기로 하고 그냥 한길을 따라서 무작정 걷기 시작했다.

큰길로 나오자 넓은 들판 위 휑한 도로에는 드문드문 몇대의 자동차만 달리고 횡단보도도 없는 듯 아예 보이지도않았다. 풀들로 우거진 인도 그 황량한 길 위로 늙은이 네명이 터벅터벅 걸어가는데, 파란 자동차 한 대가 속도를 늦추며 우리 곁으로 오는 듯했다. 멈추어 서려는 것 같기도 하다. 반가움과 불안이 한꺼번에 스쳐 가슴이 훅~ 한다.

결국 파란 자동차가 우리 앞에 섰다. 창문이 열리는 순간, 우리는 긴장했다. 걸음을 멈추었고 눈길은 그쪽으로만 쏠렸다.

"혹시 너희들 길을 잃었느냐?"

하얀 머리에 선글라스를 쓰신 할머니께서 말을 건네시는 거다. 이 말에 우리는 우르르 할머니 차 앞으로 달려갔다. 그동안 물어볼 사람조차 없었는데, 이렇게 먼저 다가온 할머니가 너무나 반가웠다.

먼저 우리를 소개하고 캔버라 시티 투어를 원한다고 했다. Capital Hall로 가는 방향과 거리를 묻자, 별로 멀지 않으니 자기 차에 타란다. 이 말에 우리는 조금의 지체도 없이 얼른 그녀의 차에 몸을 실었다.

와우~!

살다 보니 우리에게 구세주가 나타나셨다!

오~ 할렐루야~!

그녀는 뒷좌석에 실려 있는 휘발유의 냄새를 미안해하셨지만, 지금 우리에게는 그건 아무런 문제가 되지 않았다. 자기 아들이 캐나다 여행 중인데 어쩌면 우리처럼 길을 헤매고 있을지도 모른다는 생각에 그냥 지나칠 수가 없었단다.

몇 분 후 어느 지점에서 우리를 내려 주시는 할머니. 좋은 시간 되라며 격려까지 해 주신다. 우리는 "땡큐."를 연발하며 감사의 마음을 전했다.

우리가 내려선 곳은 여전히 넓디넓은 들판 한복판이다. 허나 저 멀리 목적지인 하얀 건물이 보이니 긴장이 풀어진다. 그리고 알싸한 또 하나의 여행 경험이 찐한 환희를 몰고 오니 우리 가슴에, 얼굴에 웃음꽃이 피어났다.

우리를 자신의 차에 태워 주신 할머니.
목적지에 내려주시며 손까지 흔들어 주신다. 캔버라, 호주.

돈타쿠 마쓰리

　아침부터 거리는 나들이객들과 이상한 복장을 한 사람들로 붐비었다. 자동차를 통제한 대로는 이미 축제 관람객들로 인산인해다. 나도 여행 가방을 가진 채 축제 속으로 빠져들어 간다. 사실 우리는 일부러 이른 시간에 가고시마에서 출발하여 하카타역으로 왔다. 이 축제를 보려고.

일본 규슈 후쿠오카, '하카타 돈타쿠 마쓰리'는 매년 5월 초에 열리는데, 이곳의 공공 기관, 학교, 사회단체, 일반기업, 군인까지 참여하는 전통 축제로 규슈 최대 규모란다.

오랜 역사를 가진 이 마쓰리의 하이라이트는 텐진까지 이어지는 구간에서 펼쳐지는 퍼레이드다. 수만 명이 넘는 인원이 참가한다는데 정말 어린 아이들부터 어르신, 남녀노소가 함께 어울려서 축제를 즐기고 있었다. 퍼레이드뿐만이 아니라 후쿠오카 시내 전체가 축제였다.

남편과 나는 거리 퍼레이드 후, 숙소에 짐만 맡기고 커넬시티로 향했다. 이곳도 전통 복장과 옛날 악기를 들고 연주하는 사람들과 관광객들로 복잡했다. 특히 커넬시티 옆 '구시다 신사(Kushida Shrine)' 뜰에 설치된 무대에서는 각종 공연이 계속 이어지고 있었다.

나는 남편을 구시다 신사 무대 앞에 앉혀 두고 혼자 거리 구경을 나섰다. 그런데 구시다 신사 밖, 옆 골목 하카타 리버레인에서 커넬시티를 이어 주는 거리의 가와바타 아케이드(우리나라의 재래시장 비슷한 곳)에서도 때마침 요란하게 치장한 가마들과 나무 주걱을 두드리는 행렬이 지나간다. 나는 남편을 빨리 불러와야 했다.

이곳 시장에서는 일본 고유 복장인 기모노를 입은 여인들이 각 상점을 방문하여 문 앞에서 노래와 악기 연주, 춤으로 축원하고 상점 주인은 이들을 맞이하는 모습이다. 우리나라 음력 정초에 하는 '지신밟기'와 같다고나 할까. 발걸음을 옮기는 곳곳마다 노랫소리, 악기 소리, 구경꾼들의 북적거림이 축제의 맛과 멋을 내니 나 역시 그 속에서 시간 가는 줄 모르고 하루를 보냈다.

사실 단지 직장인인 내 시간에 맞추어 여행 일정을 잡았는데, 이번 돈타쿠 마쓰리는 나에게 완전 로또 당첨과 같은 여행이 되어 주었다.

돈타쿠 마쓰리. 후쿠오카, 일본.

삐딱하게

'나는 왜 수필을 쓰는가?'라는 글제를 받았다. 나뿐만이 아니라 회원 모두가 주어진 글제로 500자 이내로 글을 쓰란다.

많은 글이 올라온다. 대부분 "수필은 내 삶을 정화해 준다.", "글을 쓰니 행복하다.", "지나온 삶을 반추하여 참된 삶으로.", "글쓰기가 힐링이 된다." 등의 내용이다. 물론 극히 개인적인 관점이다.

이렇게 수필에 대한 좋은(?), 긍정적인 이야기들로만 채워졌기에 나는 좀 다른 관점에서 논하기로 마음먹었다. 아니, 어쩌면 솔직한 내 심정을 쓰기로 했다. 수필 쓰기가 정말 행복할 만큼 그리 쉬웠던가? 생활 글, 기행 글, 일기라면 있는 대로, 보이는 대로, 느끼는 대로 쓰면 된다.

허나 참된 수필은 짧은 글 속에서도 뚜렷한 주제가 있어야 하기에 글제 하나로도 수많은 고뇌가 따른다. 여기에 정확한 정보에 의한 스토리텔링을 만들어 작가의 사고와 상상력을 덧붙이고, 당연히 문학적인 측면도 있어야 한다. 때론 반전이 가미되어 재미를 더하기도 해야 하는 창작 작업인 수필. 참된 수필은 결코 쉬운 게 아니다.

그래서 나는 그 고충과 고통을 '엇갈린 사랑'으로 표현했다. 수필 쓰기가 '너무나 어렵고 밉지만, 그럼에도 끌리는 사랑'이라 했더니(이건 개인적으로 사실이다) 아니나 다를까, 예상대로, 제일 인기 없는 글이 되고 말았다. 내가 너무 삐딱하게 쓴 걸까?

'삐딱한 것' 하면 생각나는 것이 있다.

이탈리아 피사(Pisa)에 있는 탑, '피사의 사탑(Torre di Pisa, Leaning Tower of Pisa)'이다. 1173년 건축가 보나노 피사노가 건축을 시작했지만, 약 10m 높이에 이르렀을 때, 지반이 내려앉아 공사를 중단하게 되었다고 한다. 이후 재개하여 1350년에 완공되었다 하나 다시 조금씩 기울어져 지금까지 삐딱한 모습을 하고 있단다. 허나 이렇게 기울고도 무너지지 않으니 세계 7대 불가사의가 될 수밖에.

이곳 입구에 들어서니 푸른 잔디 넓은 뜰 끝에 멋진 건물들이 보인다. 생각보다 많은 관광객에, 저 멀리 높이 서 있는 하얀 건물에 시선이 압도된다. 가까이서 보는 것보다 멀리서 봐야 기울어진 것이 잘 보인단다. 사탑은 내가 생각했던 것보다 사진이나 TV에서 볼 때보다 훨씬 더 많이 기울어져 있다. 그리고 웅장했다.

많은 사람이 사탑을 바로 세우려는 듯이 손바닥으로 미는 시늉을 하며 사진을 찍는다. 나도 그렇게 찍어 보았다. 재밌다. 또 이상하게도 사탑을 볼 때마다 내 몸이 자꾸만 삐딱하게 되니 웃음이 나기도 했다.

그런데 정말이지, 나는 왜 수필을 쓰려고 하는 걸까?

피사의 사탑. 피사, 이탈리아.

행복한 죽음

갠지스강. 바라나시, 인도.

우리에게 확실하게 예정되어 있는 게 있다면 바로 죽음이다. 그럼에도 죽음은 나의 것이 아닌 남의 것으로만 생각할 때가 많은 것 같다. 자신의 죽음은 두려워 생각조차 하기 싫은 까닭이 아닐까.

내가 본 그곳, 인도 바라나시(Varanasi).
유유히 흘러가는 갠지스강 강물과 쓰레기와 소, 개, 사람들이 함께 살아가는 곳.
늘 퀴퀴한 냄새와 연기가 흘러 다니는 골목들.
이곳의 어느 낡고 어두운 골방에는 자신의 죽음을 기다리는 사람들이 있단다.
어떤 이들은 아주 먼 곳에서 몇 날 며칠에 걸쳐서 오로지 죽기 위해 온 힘을 다해 이곳에 왔단다.

죽음의 그림자를 가진 이들은 기능을 잃은 몸뚱이에 낡은 담요를 덮고 움츠린 채로 생의 마지막을 기다린다.
그러면서도 오히려 행복하단다.

이곳에서 죽어야 갠지스강, 어머니의 품으로 되돌아갈 수 있기에 그렇단다. 자신의 죽음을 담담하게, 아니, 행복한 마음으로 기다리는 사람들이라니······.

이들의 죽음에 대한 여유로움이 참으로 놀랍기만 하다.

이들은 죽음도 일상이라지만 나는, 차마 카메라를 들 수가 없었다.

화장터. 바라나시, 인도.

제2부

축복

숙소에서 자동차로 30여 분 정도 달리니 눈앞에 웅장한 산이 나타났다. 설악산의 울산바위와 비슷한 바위산이다. 우리는 울룩불룩한 산을 향해 올라간다. 기암괴석으로 이루어진 신비로운 풍경에 스페인의 천재 건축가 안토니 가우디(Antoni Gaudí)도 영감을 받았다는 곳이다.

바르셀로나에서 북서쪽으로 약 60㎞ 정도 가면 강한 회백산이 나타나는데, 이 산이 바로 '톱으로 자른 산'이라는 뜻인 몬세라트(Montserrat)이다.

약 1,200m의 높은 산에 11세기에는 베네딕트회 수도원이 세워졌고, 나폴레옹 전쟁 때 파괴되었다가 19~20세기에 지금의 모습으로 재건되었다 한다. 이곳에는 '검은 성모 마리아상'과 '에스콜라니아(Escolania)'라는 소년 합창단이 유명하다. 하지만 이곳의 최고 관심거리는 역시 '검은 성모상, 라 모레네타(La Moreneta)'다.

바르셀로나의 가이드에 의하면 옛날 아랍군의 공격과 탄압 때 검은 성모 마리아상을 이곳에 숨겨 두었단다. 그 후 150여 년이 지나서 한 목동이 꿈을 꾸었는데, 성모 마리아상이 숨겨져 있는 곳 하늘에서 빛이 나고 음악 소리가 들리더란다. 목동은 이 꿈 이야기를 어머니에게 했고, 어머니는 다시 신부님께 이를 전달했다. 그리고 확인하니 실제로 마리아상이 있더란다. 성모상을 옮기려 했는데 도저히 움직여지지 않아서 그곳에 성당을 지을 수밖에 없었다고 한다. 그곳이 바로 지금의 자리란다. 검은 성모 마리아상의 왕관은 네오 3세 교황 때 교황청에서 하사한 것이라 한다.

성모상의 오른손에 들려 있는 지구본은 온 세상을 지배하는 능력을, 왼손의 아들은 태중의 복된 열매로 표현한단다. 또 아기 예수의 오른손은 축복을, 왼손에는 생명과 다산을 뜻하는 솔방울을 들고 있다(이 부분은 그곳에 배치된 한국어 설명서에 의한 것이다).

나도 의자에 앉아서 기도를 드렸다. 입에서 저절로 "주님, 감사합니다."라는 말이 나온다. 진실로 나의 모든 것이, 나의

퇴직 결정이, 이 여행이, 나의 삶 모두가 감사했다. 기도를 마
치고 나오는 길에는 이곳저곳에서 촛불을 밝히고 기도하는
사람들이 유난히 많이 보였다. 이들을 보니 예전에 입원 환
자였던 한 환우가 생각났다.

몬세라트, 스페인.

그는 죽기를 원했던 사람이었다.

　오로지 죽기 위해 기도를 했던 사람. 부잣집 외아들로 부러울 게 없었던 이였지만, 교통사고로 한순간에 전신 마비가 된 사람, 그는 자신의 참담함에 죽으려 했다고. 하지만 스스로 할 수 있는 것이라곤 아무것도 없었으니 마음대로 죽을 수도 없더란다.

　그래서 죽음을 달라고 신께 빌기 시작했다.

　그런데 우습게도(그의 표현) 빨리 죽여 달라고 하던 기도였으나 언제부터인가 자신이 아닌 타인을 위한 기도를 하고 있더란다. 365일 누워서 힘들지 않은 기도만 하니 팔자가 참 좋은 사람이라며 웃으셨다.

　그분은 전에는 자기 자신만 아는 이기적인 사람이었는데 지금은 작은 힘이지만 남을 위해 기도라도 할 수 있으니 얼마나 행복하고 축복받은 사람이냐고 했다. 수고하는 의료진들 가운데의 한 사람인 나를 위해서도 기도한단다. 이 소리에 내 가슴이 움찔했다.

　솔직히 나는 이때까지 내 능력과 노력으로 살고 있는 줄

알았다. 친정어머니가 살아 계실 때는 어머니 기도의 힘인
줄 알았지만, 어머니께서 돌아가신 후에는 내 힘으로 세상살
이에 맞서서 잘 살았다 여겼다. 그런데 나는 생각지도 않는
사람이 나를 위해 늘 기도를 한다니….

그는 병상에 누워 기도만 하는 자신이 축복받은 거라 했
지만, 그보다 내가 더 축복받은 사람이 아닌가. 늘 누군가의
아름다운 기도를 받으며 살고 있으니까. 자꾸만 가슴에 울림
이 일었다.

축복.
하나님이 내려 주시는 복.
이보다 더 가슴 따뜻해지는 말이 또 있으랴.

이참에 나도 몬세라트 성당의 검은 마리아상이 안고 있는
아기 예수의 오른손이 의미하는 축복이 우리 모두에게 임하
기를 기도해 본다.

몬세라트, 스페인.

제2부

제2부

Photo essay.

제3부

보석 상자

베트남 호이안(Hoi An)은 다낭(Da Nang)에서 30㎞ 정도 떨어져 있는 소도시다. 베트남 꽝남성의 남중국해 연안의 작은 도시로 유네스코 세계 문화유산이다. 이곳에 도착했을 때, 열대성 소나기가 한차례 지나간 직후라 모든 것이 축축했다. 오랜 세월의 흔적을 그대로 담고 있는 건물에는 시커먼 이끼들이 그림을 그려 놓았고, 거리에는 옛 냄새가 그대로다. 그래서일까. 동양의 멋을 느끼려는 서양인들이 제법 보였다.

이곳 선착장 주변에는 음식점, 상점들이 즐비했고 많은 관광객으로 붐비었다. 여기서 나를 사로잡은 것은 농(베트남 고깔모자)을 쓴 여인들의 과일바구니다. 그녀들은 어깨에 걸친 긴 막대 양쪽 끝에다 바구니를 달고서 각종 과일을 담아 판매하고 있었다. 요즘은 자신들과 사진을 찍거나 자신의 과일바구니를 대여해 사진을 찍게 하고는 돈을 받기도 한다. 어쨌든 알록달록한 모습으로 달콤한 향을 솔솔 풍기는 과일 바구니에 자꾸만 마음이 갔다.

호이안, 베트남.

어느 뜨거운 여름날. 나는 부산행 기차에 올랐다. 눈이 마주쳤다. 주름진 얼굴에 미소가 살며시 번진다. 옆 좌석 할머니께서는 자리에 앉는 나를 빤히 쳐다보시며 어디까지 가느냐고 물으신다. 내가 묻지도 않았는데 당신께서는 대구에 사는 딸네 집에 가신단다. 그러면서 연신 객실 바닥에 놓인 물건에 눈길을 주신다. 빛바랜 누런 보자기에 싸인 것과 귀퉁이가 찢어진 꽃무늬 보자기로 싼 상자. 할머니의 눈길을 받고 있는 바로 그것들이다.

나는 할머니에게 묻지 않고도, 그 속을 보지 않고도 무엇이 들어 있는지 알 수 있었다. 향긋하고 달콤한 냄새가, 분홍빛 수줍은 미소로 앉아 있는 복숭아들이라는 걸 말이다. 무심한 듯 차창 밖으로 고개를 돌리고 뜨거운 태양 아래서 익어 가는 여름 풍경을 바라보며 생각했다.

'에고…. 요즘은 마트에 가면 쉽게 살 수 있는 게 복숭아인데 저런 걸 왜 들고 오시는지…'

하지만 자꾸만 내 코끝을 자극하는 복숭아 향기에 가슴 한구석이 조금씩 찡해져 왔다.

할머니께서는 한여름 한창 맛이 오른 복숭아를 보며 가장 먼저 자식들을 생각하셨음이다. 그리고는 생채기 나지 않게 고이고이 담고, 가장 좋은 보자기를 찾아 먼지를 털어 정성 껏 싸놓고, 화사한 꽃무늬 원피스를 차려입고 기차를 타신 것이다. 어디 그뿐이랴. 곧 만나게 될 딸의 모습을 그리며 가 슴도 두근거렸을 게다.

내가 잠시 생각에 잠긴 사이에도 할머니께서는 상자에 계 속 눈길을 주신다. 그리고는 달리는 기차가 어디까지 왔나를 살피시더니 일찍 자리에서 일어나며 작별 인사를 했다.

기차가 대구역에 정차하자 가장 먼저 내리신 할머니에게 내 눈길과 걱정이 함께 내린다. 양손에 상자를 들고 허리를 쭉 펴시며 두리번거리는 할머니. 때마침 한 청년이 지나가다 할머니 상자 하나를 받아 들고 길 안내까지 하는 모습이다. 차창으로 주시하던 나는 안도의 숨을 내쉬었다.

낡고 빛바랜 보자기 속 상자 속에는
예쁘게 익어 달콤한 맛을 내는 복숭아와

든든하며 푸근하고,

애틋하며 따뜻한,

이 세상에서 가장 빛나고

그 어떤 보석보다 고귀한 어머니의 사랑이

담겨 있었던 거다.

할머니가 내리시며 그 보석 상자를 나에게 주신 듯 가슴
이 자꾸만 뭉클해진다. 기차가 서서히 움직인다. 점점 멀어
져 가는 할머니의 뒷모습에 왠지 콧등이 시큰해지고, 내 눈
길은 자꾸만 할머니를 따라 뒤돌아서며 조금씩 흐려진다.

갈증

마무틱섬, 코타키나발루.

바짝 말라 금방이라도 부서질 듯하다. 버석버석한 모습이 안쓰럽기 짝이 없다.

도시의 높은 아파트 베란다 답답한 공간에서 느끼는 이들의 갈증에 나는 급히 수돗물을 뿌려 주었다. 말라버린 몸에 물이 쏟아지자 보글보글 기포를 내며 물을 마신다. 비록 고향 바닷물은 아니더라도 쏟아진 물에 금세 생기를 찾아 촉촉해진다.

사실은 오래전에 바닷가에서 소라 한 소쿠리를 샀다. 바다의 맛을 풍기던 소라의 맛은 이미 입속에서 사라졌지만, 껍데기는 장독대 위에서 여태껏 바다의 풍경을 그리고 있다. 흘러가 버린 시간 탓에 뾰족뾰족한 부분들은 낡아 무디어졌다. 그럼에도 여전히 고동의 아름다움은 남아있는 그들이다.

나는 이제야 이들의 목마름과 무더위를 알았던 거다. 푸른 달빛이 넘실거릴 때면 고향의 바다인 양 달빛 물에라도 몸을 흔들었다는 것을. 날마다 울부짖음과 애타는 호소로 넓디넓은 고향 바다를, 출렁이는 파도의 너울을, 갈매기 울음소리를 그리워했다는 것을.

하기야 요즘, 무덥고 목마른 것이 어찌 이 소라껍데기뿐이 겠는가. 온 산천의 더위와 갈증도, 동식물의 목마름도, 우리 네 갈증과 마음의 메마름에도 시원한 공기가, 충분한 물이 필요한 요즘인 것을……

그래서일까. 시원한 바닷바람이 일렁이고, 열대 나뭇잎들 은 살랑이며, 푸른 바닷물이 넘실거리던 곳, 그곳이 그리워 진다.

코타키나발루(Kota Kinabalu)는 말레이시아 사바주의 주도 로, 말레이시아 동부 보르네오섬 최대의 도시이다. 말레이반 도와 조금 떨어진 곳이라 말레이시아 본토와는 또 다른 느낌 이라고 한다.

우리 일행은 들뜬 마음으로 수트라 하버(Sutra Harbor) 선 착장에서 호핑 배를 탔다. 짠 바다 물보라가 옷을 적셔도, 얼 굴을 때려도 '어르신들(이번 여행의 우리 9쌍의 부부들 호칭)'은 마냥 즐겁다. 하기야 오래된 친구들이랑 함께한 여행이니 어 찌 즐겁지 않으리. 웃고 떠들다 보니 어느새 '툰구 압둘 라만 해양공원(Tunku Abdul Ramans Park)' 중의 하나인 마무틱섬 (Mamutic Island)에 도착했다.

이 섬은 해양 공원 다섯 개의 섬 중 가장 작고, 따라서 관광객도 적다더니 한국, 중국 관광객들이 많았다. 시설은 아무리 섬이라도 좀 그렇다. 화장실도 엉망이다. 그래도 오랜만에 친구들과 함께하고, 바닷물에 몸을 담그니 '어르신들'은 즐거웠다. 모두에게 또 하나의 추억을 담았던 곳이다.

새삼스레 그때가 그립다. 푸른 바닷물과 야자수 나무들이 그려낸 바다 풍경이 그리운 것은 지금 모든 것이 갈증을 느끼는 탓이리라.

빨래

인도에는 가장 낮은 계급의 '도비왈라(Dobhiwallah)'라는
사람들이 있다. 대대로 평생 빨래만 한단다.

갠지스강. 바라나시, 인도.

어둑한 새벽에 바라나시 갠지스강으로 나갔다가 여기저기를 둘러보고 돌아오는 길이었다. 이제 막 해가 떠오르는 이른 아침이건만 벌써 강물에 몸을 담그고 빨래를 하고 있는 사람들이 보였다. 나는 거의 매일 빨래를 하는 주부로서 온종일 손으로 빨래를 하는 이들이 안쓰러웠다.

아들 방에 들어서니 방바닥에 반쯤 내려 와있는 이불에, 허물 벗어 놓듯 한 옷들이 방바닥에서 아들의 흔적을 그리고 있다. 여기저기 널브러진 옷들을 주워드니 자신의 일을 찾아 애쓰는 노고의 냄새가 난다. 아들은 며칠간 집에 머물다 자신의 터로 돌아갔다.

이 옷들을 세탁기에 넣었다.

세제를 넣고 버튼을 누르자 물과 비누가 섞이고, 요란한 소리와 함께 몸통을 흔들어 댄다. 자신의 길을 찾아가는 고단함의 시커먼 땟물이 넘실거린다. 다시 맑은 물이 공급되어 씻어내기를 반복하니 점점 깨끗해지는 옷들이다.

탈수된 옷을 건조대에 널며 햇살과 바람을 부른다. 이제 시간이 지나면 쿠쿠한 냄새도 사라지고 뽀송뽀송한 햇살 냄새가 가득한 옷이 되리라.

하기야 이 세상에서 더러워지는 것이 어찌 옷뿐이랴.

우리 마음도 어지러운 세상 속에서 시시때때로 더러워지고 코를 찌르는 악취도 나는 것을. 알게 모르게 세상 욕심으로, 불평으로, 때론 오만과 편견으로 강퍅해지니 말이다.

인도 도비왈라는 어린이부터 노인까지 연령대도 다양하다고 한다. 이들은 강변의 돌을 빨래판 삼아 방망이로 옷을 두들기거나 옷을 돌 빨래판 위에 내리치면서 옷을 빤단다. 그런가 하면 빨랫감 수거, 세탁, 다림질, 배달 등이 분업화되어 있다고. 그러고 보니 강가 가트에 빨래를 널어 말리는 사람을 보았다. 그가 강가 난간에도, 시멘트 가트에도 널어놓은 빨래들은 또 다른 풍경으로 여행자들의 눈길을 끌게 했다.

우리 영혼도 누구에 의해서라도 깨끗이 씻기고 시원하게 말려지며 곱게 다림질되어 늘 새롭게 된다면 참 좋을 텐데….

이런 마음 때문인지 나는 어디에서나 빨랫줄에 널려있는 빨래를 보면 왠지 기분이 좋아진다.

실전(實戰)

우리(남편과 아들, 나)는 대만 예류(Yehliu) 지질 공원에서 신비한 자연을 보고 다시 길을 나섰다. 대만 북부 지역과 해상 교통의 중심지인 지룽(Keelung)으로 가서 다시 아기자기한 골목들이 유명한 지우펀(Jiufen, 九份)으로 갈 예정이다.

버스로 지룽에 도착하니 빗방울이 떨어진다. 날씨를 핑계로 택시를 타기로 했다. 다행히 택시를 타자마자 거센 소나기가 쏟아졌다. 빗속을 달리는 택시에서 아들이 기사님께 몇 가지를 물어보며 대화를 하다가 우리가 한국에서 온 것을 안 기사는 놀라워했다. 중국말을 잘해 홍콩 사람인 줄 알았다며 아들의 중국어를 칭찬했다. 빈말이라도 괜히 으쓱해진다.

그러고 보니 나도 택시에서의 에피소드가 있다.

단수이, 대만.

대구 시내에서 택시를 잡았다.

문을 열고 타는데, 기사님의 인사보다 먼저 운전석 옆에
영어 회화 종이쪽지를 꽂아 둔 게 눈에 들어왔다.

순간, 나도 모르게 입에서 "북부 정류장, Please~."라는 말
이 나왔다.

"예…. 어? oh, oh, yes, yes."

머리가 희끗희끗한 중년의 기사 아저씨는 살짝 당황한 듯
말을 더듬으며 대답했다. 그리고는 고개를 돌려 나를 힐끗
쳐다보았다. 택시가 출발하자 아저씨는 몇 번이나 몸을 흔들
어 자세를 고쳐 앉았고, 또 여러 번 헛기침도 하곤 했다. 그
러면서도 자꾸만 거울로 슬쩍슬쩍 나를 훔쳐보았다.

나는 입가로 새어 나오는 웃음을 숨기려 얼굴을 돌려 창밖
을 보아야 했고, 때론 핸드백을 뒤적거리며 기사 아저씨의
눈길을 피해야 했다. 허나, 그만 거울 속의 그와 눈이 마주치
고 말았다. 그가 이때다 하고 나를 보며 씩 웃더니 말을 걸
었다.

"저… 아… Where~ where are, are you come from?"

"………"

나는 침묵했다. 대답이 없자 그가 다시 반격했다.

"Japan? China?"

이번엔 나는 잠시 망설여졌다. 물론 내가 먼저 총알을 날리긴 했지만, 나에게로 되돌아온 총알. 그래, 이왕 벌어진 판, 나는 능청스럽게 어깨까지 으쓱하며 "에~ Korea."라고 대응했다.

"와하하하."

순간, 택시 안에는 웃음꽃이 폭발했다. 자꾸만 피어나는 웃음꽃에 기사 아저씨와 나는 주체할 수가 없었다. 택시도 따라 웃느라 함께 출렁거렸고, 가로수 잎들도 덩달아 너울거렸다.

머리에 세월의 더께를 하얗게 인 대한민국 중년 아저씨와 세상에서 무서운 게 없다는 대한민국 중년 아줌마의 영어 실전(實戰)은 처절한 총격전이 아닌 큰 웃음꽃으로 끝이 났지만, 표현할 수 없는 뿌듯한 여운은 꼬리에 꼬리를 물고 계속 맴돌아 다녔다.

목적지에서 하차하니 아저씨는 손까지 흔들며 잘 가라 하신다. 나 역시 그랬다. 택시 안에서 피어났던 웃음꽃의 파편들이 택시 뒤꽁무니까지 날아간 모양이다. 저만치 가고 있는 택시를 보니 또 웃음이 번진다.

길에서 혼자 실실 웃고 있는 나에게, 유난히도 파란 하늘이 이렇게 속삭였다.

"Good job, today."

강

나에게 주어진 모처럼의 여름 휴가를 '힐링' 쪽으로만 생각했었는데 아직도 마음과 몸이 청춘인 친구는 더 늙기 전에 라오스에 가잔다. 이때 가지 않으면 아예 못 간단다. 맞는 말이긴 하다.

허나, 라오스는 지금이 우기다. 기온도 아주 높고, 모기도 많다고 하고, 또 주로 젊은이들이 야외놀이(activities)하러 가는 곳으로 알고 있는데……. 여러 가지로 걱정이 되었지만 그래도 지금이 가장 젊을 때이니 하고 용기를 냈다.

라오스를 실제로 여행해 본 뒤 내린 결론은, 내가 걱정했던 우기, 고온, 모기 등 모든 것이 괜한 기우였다는 것이다. 또한 "시니어도 충분히 할 수 있다."이다. 꽃할멈인 겁 많은 나도 했으니까.

라오스 방비엥(Vang Vieng) 남송강(NamSong River)에서 '롱테일 보트' 타기에 도전했다.

남송강. 방비엥, 라오스.

꽃할멈 둘이 타니 현지 뱃사공이 운전을 해 준다. 흐르는 강물 따라 우리도 출렁거려 본다. 지난밤에 비가 와서 강물이 많단다. 문득 이와는 반대의 강 모습이 떠올랐다.

어느 해인가. 한참 동안 비가 내리지 않았더랬다. 내가 본 강은 물줄기도 가늘어졌고, 심지어 곳곳에 강바닥이 허옇게 몸뚱이를 드러내고 있었다. 메말라 버린 강바닥에서는 푸릇푸릇 풀들이 돋아나고 있었다.

하루가 멀다 하고 쑥쑥 자란 풀은 강바닥을 푸른 초장으로 바꾸어 놓고야 말았다. 제자리를 지키지 못하면 다른 것들이 들어와 자리 잡는 것이 자연의 이치일까. 강물이 흘러야 할 곳에 잡풀이라니. 이를 보는 것만으로도 목이 말랐다.

강물 대신 잡초들이 무성했던 메마른 강을 볼 때마다 우리네 마음을 보는 것 같았다. 주어진 것에 감사보다는 불만스러운 것이 눈에 잘 보이며, 감사와 평안이 없어진 마음의 자리엔 강물 자리를 차지한 잡초들처럼 욕심이 자라나니까 말이다. 잡초 같은 욕심은 우리 마음을 메마르게 했고, 자라는 것만큼 더 강퍅해지기도 하니까.

얼마 후 비가 내렸다. 비가 내린 후에야 강은 비로소 제 모습을 찾았다. 물흐름이 빨라지고 비릿한 물 냄새도 났다. 빠르게 혹은 느리게 자신의 길을 가는 강물. 이렇게 제자리를 찾아 흐르는 강물처럼 내 마음에도 흐르는 강물이 있으면 좋으리라 생각했다. 그렇다면 쉬지 않고 흘러 새로운 물이 되는 신선함과 짠 바닷물에도 어울려 흡수되는 포용, 늘 낮은 곳으로 향하는 겸손과 점점 깊어지고 넓어지는 성숙함을 배울 텐데 하면서.

얼마나 시간이 흘렀을까. 방비엥 하늘이 점점 검어진다. 아니나 다를까. 빗방울이 하나둘씩 떨어지더니 금세 아예 하늘 물을 퍼붓는다. 우리는 아직 강 한가운데 작은 배 위에 있는데. 눈을 뜰 수조차 없고, 몸은 완전히 흠뻑 젖었다. 처음에는 겁이 났던 우리 할멈 둘은 이때 아니면 언제 이런 걸 경험해 보겠느냐며 깔깔거리며 그 순간을 즐겼다. 아쉬운 게 있다면 강물 위에 떨어지는 빗방울이 만들어내는 장관을 사진으로 찍어야 했는데, 쏟아지는 빗줄기에 카메라를 들 수 없었다는 거다.

강, 어디에서나 흐르고……
추억을 가져다준다.

백야

환하다. 금요일 깊은 밤, 아니, 토요일 새벽 2시인데도 건너편 아파트엔 불빛이 많다. 이것뿐만이 아니다. 가로등도, 상점 간판 네온사인들도 환하게 불을 밝히고 있으니 도시에는 밤이 없는 듯하다.

하기야 나도 잠이 오지 않는다. 요즘 잠이 쉽게 들지 않는다. 불면증이다. 이러니 향긋한 커피 향이 나를 유혹해도 마실 수 없고, 시원한 콜라 한 잔도 멀리하게 된다. 이제 내 생체에는 저 북유럽 여름철에 나타나는 백야가 찾아온 모양이다. 시간은 깊은 밤이나 나에게는 아직 환하기만 하니까.

북유럽 에스토니아 탈린(Tallinn)에서 경험한 백야는 신기했다. 나의 버킷리스트에 있는 '백야 경험하기'인지라 흥분되기까지 했다. 백야는 고위도 지방에서 한여름에 태양이 지평선 아래로 내려가지 않는 현상을 말한다.

탈린, 에스토니아.

우리나라에서는 경험할 수 없다. 백야를 생전 처음으로 접해 본 나는 해가 지지 않는, 시계는 밤 9시에 가까워지는데 태양이 아직도 하늘에 있는, 이 신비한 현상을 사진에 남기려고 야단법석을 떨었다.

그러고 보니 별을 본 지는 아득한 옛날이야기다.

도시에서 자라는 아이들은 은하수라는 것을 알기나 하는지…. 내가 자란 산골 마을에서는 여름밤이면 온 하늘이 별들로 반짝거렸고, 은하수의 은빛이 하늘을 훤하게 했는데. 하기야 도시에 살고 있는 나도 별빛이 없는 하늘 아래서 전깃불로 환하기만 한 이 밤에 공책이 아닌 노트북으로 글을 쓰고 있다.

나에게 일어난 백야 현상을 이렇게 생각한다. 내 인생의 남은 시간이 지나온 시간보다 적으니 이제는 덜 자고 더욱더 많이 이 세상을 보라는 주님의 뜻이라고.

꿈보다 해몽이 좋다 해도 할 말은 없다.

블루

에즈, 프랑스.

가고 싶었다.

하지만 갈 수 없었다.

경악과 분노로 온 세계가 떨었던 밤.

이탈리아 밀라노 대성당의 웅장하고도 화려한 멋에 빠진 채로 날이 밝기만을 기다렸다.

날이 밝으면 남프랑스 '니스(Nice)'로 떠나야지 하면서.

하지만 그 시각, 트럭의 미친 질주는 현실이 되어 달렸다.

니스의 해변은 두려움과 고통, 참혹함에 몸부림치며 악몽 속에서 공포로 울부짖어야 했다.

비참하고 끔찍함에 모두가 떨어야 했다.

슬픔과 분노의 눈물을 흘려야 했다.

새날이 밝아 와도 니스로 가는 길은 아직도 처참한 밤 그대로였다.

침울한 탱크와 군인들의 날카로운 총이 길목을 지키니 나의 길은 막히고야 만 것이다.

대신 발길은 옆 동네 '에즈(Eze)'에서 멈추었다.

그리고 푸른 눈물을 담고서 출렁이는 코트다쥐르(Cote d' Azur)의 바다를 무거운 마음으로 바라보아야 했다.

전날 밤의 악몽은 생각조차 싫다며 소리도 잃어버린 바다.

더 슬프게 보였다.

몸부림도 칠 수 없다는 듯 고요하기만 한 바다는 오로지 짙은 블루로 침묵만 담고 있었다.

낭만의 코트다쥐르 바다는 낭만을 잃은 채 하늘까지 블루로 물들였나 보다.

유난히도 푸른 하늘빛은 또 다른 슬픈 빛이 되어 나까지도 파랗게, 슬프게, 그 블루에 물들게 했다.

에즈, 프랑스.

대피

'시드니에서 살아 보기'를 하고 있는 어느 날. 온종일 근교 나들이 후, 렌트한 아파트에서 저녁을 직접 해 먹었다. 식사하고 잠시 휴식을 취한 후, 남편은 샤워실로 가고, 나와 친구 부부도 각자 일들을 마무리하는데 갑자기 화재 경보가 울렸다.

혹시 우리 숙소에서 뭔가 잘못되었나 싶어 이리저리 살펴봐도 다행히 별 이상은 없었다. 하지만 시끄러운 비상벨 소리와 함께 "emergency, emergency!"가 계속 방송되었다.

복도 상황을 보려고 현관문을 여는 순간, 옆집 인도 아가씨와 마주쳤다. 나를 보더니, 밖으로 나가야 한다며 황급히 비상계단으로 사라지는 그녀다. 순간, '심각한가?' 하는 불안과 이곳이 외국이니 혹시 밖으로 나가지 않고 있다가 벌(벌금)이라도 받으면 어쩌나 하는 마음에 나는 우리 일행을 향해 소리쳤다.

"빨리 나가야 한대요! 옆집도 나갔어."

"빨리빨리!"

"자기야, 샤워 그만하고 빨리 나와! 밖으로 나가야 한대!"

우리는 여권 가방만 챙겨 들고 비상계단으로 뛰기 시작했다. 8층에서부터 좁고 지저분한 계단으로 뛰어 내려가니 다리는 덜덜, 가슴은 답답, 허탈한 웃음도 나왔다. 각층에서도 사람들이 비상계단으로 나오고 있었다.

무사히 건물 뒤쪽 1층 바깥으로 나오자 안도의 한숨과 함께 남편의 젖은 머리와 수건을 쥐고 있는 모습이 보여 웃음이 터진다. 사실은 속옷도 못 입었다는 소리에 배를 잡고 웃어야 했다.

우리가 탈출(?)하는 사이 소방차가 출동했나 보다. 숙소 앞에는 소방차 서너 대가 불을 번쩍이며 서 있고, 무장한 소방대원들이 분주히 점검하며 야단법석이다. 실내복 차림으로, 혹은 맨발로 뛰어나온 많은 주민과 함께 길가에서 초조하게 기다렸다. 잠시 후, 경보기 오작동으로 별문제가 없단다.

덕분에, 우리는 실제로 제대로 대피 훈련을 한 셈이다. 한 국에서도 하지 않았던 이런 경험을 호주 시드니에서 할 줄이 야. 하여튼, '시드니에서 살아 보기' 재밌다~!

시드니, 호주.

흔들리다

꽃잎이다.

베란다 화분에서 빨간 몸체를 흔들고 있는 것은.

이탈리아 베니스(Venice, Venezia)의 곤돌라(gondola)는 원래 '흔들리다.'라는 뜻이란다. 곤돌라는 뱃머리가 약간 굽어 있는 길쭉하게 생긴 작은 배다.

이 배는 특유의 줄무늬 옷을 입은 곤돌리에(Gondolier)가 노를 저으며 아드리아해에서 베네치아의 풍광에 특유의 멋을 더한다.

이색적이며 독특한 아름다움을 가진 베네치아의 풍경에 내 마음은 흔들거렸다. 아니, 어쩌면 베네치아의 모든 것으로 인해 흔들렸는지도 모른다. 생각보다 훨씬 아름답고 멋져서일까. 그곳에서의 황홀한 흔들림은 잊을 수가 없다.

베네치아, 이탈리아.

하기야 흔들리는 것이 어찌
꽃잎,
곤돌라,
베네치아,
내 마음뿐이랴.
세상의 모든 것이
흔들리고 있는 것을.

시시때때로 사람 감정이 왔다 갔다 흔들리고,
우리의 건강이,
서로의 관계가,
주식의 주가가,
나라 경제가,
세계 정치가,
흔들리고 있는 것을.
아니, 요즘은 땅조차도 흔들리지 않던가.

하지만 가끔은 베네치아에서의 나의 흔들림처럼 설렘과 감동이 있는 흔들림은 일상에서 새로운 힘이 되기도 하니, 우리네 인생 여정에서 한 번쯤은 흔들려 보는 것도 좋으리라.

쉼표

쉼표를 찍어야 했다. 직장인으로, 엄마로, 아내로, 며느리로 바쁘게 살아온 나에게 뭔가가 필요했다. 나는 직장 잘 다니는 딸에게 '안식 휴가'를 사용하라고 졸랐다.

"야, 딸아. 싱가포르 어때?" 여자 둘이 갈 여행이고, 딸의 취향을 아는 터라 이곳을 제안했더니 "그래~! 엄마, 가자!" 하며 흔쾌히 동행해 주어 떠나게 된 여행이다.

싱가포르는 다양한 문화가 어울려진 세계적 국제도시인지라 여러 문화를 접할 수도 있고, 깨끗하고, 치안도 안전하고, 쇼핑하기도 좋아 여자들이 가기엔 좋은 여행지다.

싱가포르 시내에서 관광으로 이틀을 보낸 후 우리는 휴식을 위해 센토사섬(Sentosa Island)으로 이사(?)를 했다. 시간을 아끼기 위해 택시를 택했다. 여행안내 책자를 보니 택시로 센토사로 들어갈 때는 차등된 별도의 입장료를 지불한다고 되어 있었다. 그래서인지 택시 기사는 우리의 숙소 예약 바우처를 센토사 게이트에 보여 주고 그냥 통과했다.

센토사섬(Sentosa Island)은 섬 전체가 테마파크로, 세계 최대의 아쿠아리움, 유니버설 스튜디오, 워터파크는 물론이고 여러 가지의 어트랙션에 아름다운 비치가 있다. 여기에 고급 리조트와 골프장까지 있으니 놀이와 휴식을 동시에 즐길 수 있는 최상의 관광 명소다. 미국 트럼프 대통령과 북한 김정은 위원장의 만남도 이곳 센토사에서 있었으니······.

센토사에 입성하니 시내와는 완전 다른 풍경이 펼쳐진다. 울창한 열대의 초록들과 꽃의 화려함이 우리를 반긴다. 우리가 머문 리조트는 최고급도 아니건만 전체 면적이 3만 평이나 된다고 한다. 정원 곳곳의 연못에서는 분수가 물보라를 만들고, 떨어진 꽃잎조차도 그림이 되며, 새들의 노랫소리가 귀를 즐겁게 하니 곧바로 몸과 마음이 편안해지는 듯했다.

센토사 스파 앤 리조트, 싱가포르.

제3부

센토사 스파 앤 리조트, 싱가포르.

우리가 이곳엔 온 목적 중 하나는 바로 '수영장(Pool)'이다. 사람들이 북적이는 그런 곳이 아닌 조용한 곳에서 수영하고, 긴 의자에 몸을 기대어 휴식을 취하고, 햇살을 맞보며, 책도 읽고, 낮잠도 자며 그야말로 느긋하게 시간을 보내기 위함이다. 여기에 예쁘고 앙증맞은 서양 아이들이 함께 놀고 있다면 더 좋겠거니 했는데 이곳 수영장이 정말 그랬다. 물은 열대 햇살에 데워져 따뜻하니 좋았다. 가끔 목마른 새들이 물 마시러 수영장을 찾는가 하면, 심심한 공작새도 놀러온다. 때로는 하얀 꽃잎도 둥둥 몸을 담그는 그런 곳이었다.

주어진 삶의 현실은 잊고서 잠시나마 꿈같은 시간으로 쉼표를 찍었던 곳. 여기에 딸과 함께한 여행이었기에 참 좋았다. 여자들끼리이니 쇼핑하는 것도 훨씬 더 재미있었는데……. 허나 이제는 딸이 결혼했으니, 딸과 단둘이 가는 여행이 또 있으려나?

고양이 탓?

　인도 오르차(Orchha)에서다. 우리 일행이 기차를 타러 가려고 숙소를 나오는 찰나, 가이드가 다급하게 소리쳤다.

　"모두 그대로 있으세요. 지금 나가면 안 돼요."

　이유는 방금 고양이 한 마리가 우리가 가야 하는 호텔 문 앞을 지나갔단다.

　그는 힌두교도로서 믿음인지, 아니면 개인의 징크스인지는 몰라도 고양이로 인해 사색이 된 얼굴이었다. 고양이가 지나간 그 문을 다른 사람이 지나간 후에 우리가 가야 한단다. 그래야 우리에게 해가 없단다.

　이 소리를 듣고 나니 왠지 섬뜩했다.

　몇 분을 기다려도 지나가는 사람이 없자, 가이드는 호텔 수위 아저씨에게 부탁해서 그 대문을 지나가게 했다. 그리고는 우리를 나오게 했다. 사실 가이드는 아침부터 걱정이 많았다. 인도의 기차 타기는 우리가 상상하는 그 이상이라 하면서.

잔시(Jhansi) 기차역에 도착하고 보니 가이드의 말과 걱정이 이해가 되었다. 너무나 많은 사람으로 복잡했다. 수많은 사람이 바닥에 앉아 있고, 심지어 이불을 깔고 누워있는가 하면 역사 안에 소까지 들어와 어슬렁거리고 있었다. 기차 한 대가 들어오니 사람들이 우르르 몰려와 서로 타려고 야단법석이었다.

다행히 우리가 탈 인도 특급 열차는 대부분의 사람이 탄 기차와 달랐지만 자칫하면 일행을 놓친단다. 우리가 탈 기차가 들어왔다. 우리 일행은 가이드의 지시에 따라 무사히 잘 탔다(특급 기차에서는 승객 모두에게 간식과 카레 식사 제공을 하기도 했다).

얼마 후 목적지에 내렸다. 짐꾼들에 의해 가방들도 하나둘 내려 줄을 섰다.
"모두 내렸습니까?"
"예~"
하나, 둘, 셋 가방을 세던 가이드가 "가방 하나 더~!" 하며 소리쳤다.

가방 하나가 없단다. 이때 또 한 사람이 외쳤다.

"어머~ 내 가방!"

순간 가이드가 기차에 잽싸게 다시 뛰어오르고 가방 주인
도 따라서 기차에 오른다.

그런데 기차가 서서히 출발하는 게 아닌가.

정말 요지경 같은 인도에서 가이드가 없어진다면? 모두 불
안해하며 손을 내젓고 소리를 지르며 발을 동동 굴렀다. 움
직이는 기차를 따라 뛰어가기도 하면서.

어찌 되었든 움직이던 기차가 다시 멈추어 섰다! 잠시 후 가
이드와 가방 주인이 가방을 들고 내렸다. 출발한 기차를 멈추
게 한 상황이다 보니 경찰까지 출동하는 사태가 일어났다. 잠
시 조사를 받은 후에야 우리는 자리를 떠날 수 있었다.

우리가 겪은 해프닝은 호텔에서 우리 앞을 먼저 지나간 고
양이 탓일까? 그래서 아찔한 일이 생긴 걸까? 하지만 그나마
무사했던 것은, 우리를 위해 대문을 먼저 지나가 준 수위 아
저씨 덕분일까?

나는 고양이를 싫어한다. 어린 시절 에드거 앨런 포(Edgar Allen Poe)의 『검은 고양이』를 읽은 탓일 게다. 하여튼 고양이가 무섭다.

그런데 이 일로 고양이가 더 무서워지고 말았다.

잔시역, 인도.

나비의 춤

오스트리아 잘츠카머구트(Salzkammergut)는 잘츠부르크의 동쪽 일대에 펼쳐져 있는 산악지대를 말한다. 곳곳에 산과 호수가 있고 암염 광맥이 있어 소금 산업으로 작은 마을들이 생겨났단다. 그중에서도 할슈타트(Hallstatt)는 다흐슈타인 산맥의 산자락 할슈타트호수 남쪽에 있는 작은 마을이다. 세계 문화유산으로 지정된 아름다운 곳으로 여행가들이 가고 싶은 여행지 1위인 곳이다.

뛰어난 자연경관 못지않게 집마다 정원, 대문, 창문, 골목까지도 정성껏 꾸며 놓은 것도 잊을 수가 없다. 어느 집 창문에 손뜨개질로 만든 나비가 걸려있다. 나는 그 앞에서 한참 동안 머물렀고 또 사진으로 남겼다. 그녀를 생각하면서.

그녀가 새롭게 출발하는 혼인식에서였다.

신부의 한복 저고리 앞섶에 달려 흔들리는 나비 노리개가 내 눈과 마음을 단번에 묶어 버렸다. 곱게 차려입은 한복 치마가 꽃밭인 양 날갯짓 한창인 나비 노리개. 사르르 떨리는 각시의 몸짓을 따라 여린 날개를 팔랑이는 듯했다.

그녀는 이전에 오랫동안 어둡고 갑갑한 결혼생활에 매여 있었더랬다. 처음에는 부잣집으로 시집간다며 남들은 부러워했단다. 그녀 역시 행복한 가정을 꾸미리라 장담했다. 허나 돈 많은 남편의 바람기는 신혼부터 시작되었고, 시어머니의 트집 또한 끝이 없었다. 흐르는 시간만큼 쌓여가는 서러움은 서글 픔의 하얀 끈목(매듭이나 장신구에 사용하기 위해 여러 가닥의 섬유 또는 실을 엮어서 만드는 끈이나 줄)으로, 또 긴긴 외로움은 고통의 검은 끈목이 되어 커다란 매듭을 만들어 갔다.

무관심과 구박도 모자라 사업 확장 핑계로 친정집 돈까지 요구하니 더 이상 참을 수 없어 이혼을 결심했단다.

그녀는 이제 서러움과 외로움, 증오와 분노가 뒤엉켜 딱딱해진 잿빛 무늬 매듭을 떨쳐버리고, 다시 곱고 환한 무늬의 삶을 만들기로 했다. 그래서일까. 나비 노리개의 흔들림이 마치 새로운 자유와 마음의 평화를 향해 나르는 그녀의 날 갯짓 같았다. 아니, 우아하면서도 힘찬 나비의 춤 같았다. 좁은 번데기에서 벗어나 넓은 세상으로 마음껏 날아오르는 나비처럼. 훨훨. 그녀의 나비춤은 새삼 예뻤다.

할슈타트, 오스트리아.

오지랖

이른 아침 가고시마 추오역에서 이부스키노 타마테바코(=
이부타마) 특급열차를 타고 이부스키로 간다. 기차표는 며칠
전에 하카타역에서 가고시마 왕복표와 함께 예매한 것이다.
열차 칸 중앙에는 좌석이 창밖을 보도록 배치되어 있어서
바깥 풍경을 보며 달린다. 1시간 정도 간단다.

아담하면서도 정갈한 이부스키 기차역에 내렸다. 남편과
나는 유명하고 많은 사람이 이것을 하려고 오는, 모래찜질이
나 온천은 하지 않기로 했다. 원래 대중탕을 싫어하는 남편
이다. 우리만 다른 사람들과는 달리 북쪽 해안으로 향한다.

참으로 조용하다. 바람과 함께 해안 길을 따라서 걷는다. 작
은 자동차만 가끔 다니고. 사람은 보이지도 않는다. 아기자기
하게 뜰을 가꾼 일본 가정집들을 지나고, 어느 온천장의 무료
족탕에서 시간을 보내기도 하면서 이곳의 정취를 즐겼다.

이부스키, 일본.

길가 무료 족탕. 이부스키, 일본.

길가의 작은 식당에서 손짓으로 주문한 라멘의 맛에 빠지기도 하고, 일본 최남단이라고 말하고 있는 야자나무 가로수 길도 지난다. 우리의 발길 따라 햇살과 바람만이 조용히 따라다녔다.

돌아오는 기차 시간이 여유가 있어 역 앞 무료 족탕에 발을 담그고 한가로움에 빠져 있었다. 그때 두 아이를 데리고 한 여인이 왔다. 아이들은 익숙한 듯 바로 양말을 벗는다. 그리고는 내 옆에 앉았다. 내가 자리를 살짝 내어 주니 아이 엄마는 일본인 특유의 예의로 "스미마셍."과 "아리가또."를 연발한다. 내가 외국인이라는 것을 알고는 영어로 몇 마디 대화를 했다. 남편의 고향인 이곳에 가족 여행을 왔단다.

얼마 후, 아이 아빠가 오자 또 고맙다는 인사를 하며 자리를 떴다. 남편은 이곳의 추억을 사진으로 남기기 바쁜 모습이다. 매번 자신의 모습이 없는, 아내와 아이들 모습만 찍고 있었다.
'아빠 모습은 없을 터인데…'라는 생각과 동시에 내 발길이 그들에게로 갔다.

내가 누군가. 대한민국의 정 많은 아줌마 아닌가. 사진을 찍어 주겠다고 자청하니, 아이 엄마는 놀라면서도 너무나 좋아했다. 그렇게 가족사진 몇 장을 만들어 주었다.

얼마 후, 기차를 타러 가는데 "하이~" 하는 아이의 밝은 소리가 들렸다. 돌아보니 그 가족이다. 아이 엄마가 또다시 고맙다는 인사를 하고는 내게 속삭였다.

"가족사진 정말 고맙다. 이 선물 정말 잊지 않겠다."라고.

그러고 보니 어쩌면 이 가족에게는 이번 여행에서 여태 다 함께 찍은 가족사진이 없었는지도 모르겠다. 하기야 일본 사람의 본성으로는 다른 사람에게 폐가 되는, 사진 찍어달라는 부탁은 하지 않았으리라. 또한, 그 어떤 일본인도 나처럼 스스로 남의 일에 나서서 사진을 찍어 주지도 않았을 테고….

어쨌든 멋진 선물이라 좋아하는 아이 엄마와 그 가족을 보니 내가 나의 오지랖에 박수를 보낸다. 짝짝짝.

골동품

중국 수도 베이징(北京, Beijing), 찬란했던 역사를 지닌 과거와 눈부신 현대가 공존하는 도시. 나는 남편, 딸과 함께 어학연수 중인 아들을 보고 여행도 하려고 이곳을 찾았다.

나는 베이징의 수많은 볼거리 중에서도 가고 싶었던 곳이 따로 있었다. TV의 한 연예 프로그램에서 소개되는 것을 본 적이 있는 곳으로 관광지가 아니니 잘 알려지지 않은 곳일 것도 같다. 이런 내 마음이 통했을까. 이야기하지 않았는데도 아들은 이곳을 일정에 넣어 놓았다.

골동품 벼룩시장 판자위엔(潘家园旧货市场).

중국 최대의 골동품 시장이다. 이곳은 평일에도 상점들이 열리지만, 진정한 모습을 보고 싶다면 주말에 가는 것이 좋다고 했다.

마침 토요일이기에 아침부터 길을 나섰다. 택시에서 내리니 길가에서부터 북적거림이 전해져 온다. 시장 안으로 들어서니 수많은 사람과 복잡함에 입이 벌어진다. 물건을 파는 사람, 사는 사람, 여기에 관광객까지 그야말로 왁자지껄한 시장이다.

내 눈을 놀라게 하는 것은 시장 안에는 물론이고 골목 좌판에까지 펼쳐져 있는 도자기, 접시, 그릇, 인형, 돌, 문방사우, 옷, 장난감 등 어마어마한 양의 골동품(?)과 모조품들이다. 수많은 물품만큼 중국인들 특유의 시끄러움이 함께하니 그 혼잡함은 짐작이 가리라.

이곳의 물건들은 대부분 북경 외곽에 사는 사람들이 금요일 저녁이나, 토요일 새벽에 이곳으로 와서 판매하는 것이란다. 특히 좋은 물건을 고르기 위해서는 토요일 오전에 서둘러서 가는 게 좋다지만 물건의 종류와 수량이 워낙 많으니 관광하는 입장에서는 아무 때라도 볼거리로는 충분하다.

참말로 온갖 것, 가지각색의 물건들과 다양한 소수 민족들까지 있으니 시간 가는 줄도 모르고 돌아다니게 된다. 가격은 제멋대로 부르는 게 값이다.

판자위엔. 베이징, 중국.

판자위엔. 베이징, 중국.

솔직히 이곳에 진짜 골동품은 있긴 한지 의문이 가지만 나는 식탁 위에 둘 작은 간장 주전자(?) 하나를 구입했다. 물컵 크기로 하얀 바탕에 초록, 고동, 붉은색으로 나무, 강, 다리의 풍경을 그려 놓은 것이다.

그런데 말입니다. 만약에 요게 정말로 원나라(왜 하필 원나라인지는 모르겠지만) 때쯤의 골동품이라면?

나는 혹시나 하는 마음으로, 가슴이 떨려 아직 감정도 하지 않은 채 식탁 위가 아닌 찬장에 올려놓고 있다.

미투나상(Mithuna Image)

카주라호, 인도.

인도 바라나시 공항에 다시 왔다.

비행기를 타야 할 시간이 다 되어 가는데 가이드는 수속
도 하지 않고, 이렇다 하는 말도 없이 공항 직원들과 이야기
만 한다. 우리는 그냥 무작정 기다린다. 초초해하는 우리의
불만에 무심한 가이드는 우리가 탑승할 비행기 '취소' 소리가
없는 것만으로도 다행으로 생각하란다. 인도에서는 이런 일
이 허다하다고 하면서. 만약에 비행기가 취소된다면, 우리는
10여 시간을 버스로 가야 하며, 아니, 못 갈 수도 있단다. 그
러면 모든 여행 일정이 엉망이 될 거고….

그래서일까. 공항으로 출발할 때 가이드는 말했다. "우리,
기도해야 합니다. 오늘을 위해 기도합시다."라고.

다행히 1시간 연착하고, 1시간가량을 날아서 드디어 카주
라호 공항의 땅을 밟았다.

카주라호(Khajurho)는 인도의 수도 델리(Delhi)에서 동남쪽
으로 약 580㎞(구글 지도 참조) 떨어진 곳에 위치한 우리나라
의 면 소재지만 한 작은 마을이다. 대추(혹은 야자?)가 많아
서 붙여진 이름이라나. 어쨌든 세계적으로 유명한 에로틱 조

각 사원이 있는 곳이다. 물론 유네스코 세계 문화유산이다.

왜 이 작은 마을에 성애 조각 사원이 세워졌을까.

왜 신성한 사원 벽에 음란(?)한 농도 짙은 남녀 교합상인 '미투나상(Mithuna Image)'을 조각해 놓았을까.

그 이유는 오로지 추측으로, 현지인들의 입에서 입으로 전해지는 신화 이야기를 사원에 새겼다고 하고, 또는 종교적으로 금기가 많은 힌두교도가 쉽게 입문하도록 하기 위함이라고도 하고, 혹은 고고학자들의 주장으로는 남녀의 사랑법은 삶의 중요한 부분인데 글을 모르는 국민을 위해서 이런 것을 만들었다고도 한다.

어쨌든, 카주라호의 사원군은 9세기부터 13세기 사이에 번성한 찬델라 왕조에 의해 건설되었다. 찬델라 왕조는 전성기인 950~1050년 사이에 수도인 카주라호에 무려 85개의 사원을 세웠지만, 이후 상당수가 이슬람 세력에 의해 파괴되었고 현재는 22개만 남아 있다.

카주라호, 인도.

지리적 특성에 의해 서쪽 사원군, 동쪽 사원군, 그리고 남쪽 사원군의 세 그룹으로 분류된다. 서쪽 사원군은 가장 크고 카주라호 사원의 특징을 잘 볼 수 있는 곳으로, 주로 우리가 카주라호의 사원이라고 하면 이곳 군들을 말한다. 남아 있는 22개의 사원 중 14개가 집중되어 있다.

완벽한 대칭을 이루며 40m나 하늘 높이 치솟아 있는 칸다리야 마하데브(Kandariya Mahadev) 사원은 1025년에서 1050년 사이에 건축된 것으로 카주라호의 사원 중에서 가장 거대하고, 예술적으로나 건축학적으로 가장 훌륭하다고 평가받고 있다 한다.

하여튼 높은 탑같이 생긴 사원 벽 전체에 작은 모양으로 남녀의 육체적 사랑 모습과 반라의 남녀 모습, 동물들의 사랑 모습까지 빽빽하게 조각해 놓았으니 정말 놀라울 따름이다. 약간 민망할 정도로 섬세하다. 사랑의 자세마다 각 번호가 있었다는 등 가이드의 긴 설명이 있었다.

"자, 자. 잠깐만 여기 보세요. 여기…"

가이드가 사원의 한 부분을 가리키며 말했다.

"지금 왕과 왕비가 사랑을 나눕니다. 옆의 남자 신하를 한 번 보세요. 그도 안달이 납니다. 안달이 났습니다."

"그 옆 시녀도 손이, 그녀도 안달이 났어요. 안달이…"

평소와 달리 약간 상기된 얼굴로 멋쩍은 표정을 짓는 가이드.

"이런 걸 표현하다니 정말~ 훌륭한 예술품입니다. 자, 다음으로 가 봅시다."

인도 사람인 가이드가 맛깔나게 한국말로 설명해 주니 우리는 웃음바다가 된다.

하여튼 미투나상을 직접 보니 이런 것을 만들겠다는 인간의 생각과 또 이를 만들어 낸 솜씨에 감탄할 뿐이다.

미투나상. 카주라호, 인도.

제3부

Photo essay

제4부

고추 이야기

코타키나발루(Kota Kinabalu) 북쪽에 위치한 재래시장 '센트럴 마켓', 이곳은 생각보다 활기가 넘쳤고 규모도 컸다. 건물 앞부분은 각종 열대 과일, 채소, 곡물, 잡화 등을 파는 야채 시장이고, 뒷부분은 생선을 파는 어시장, 그 옆으론 푸드코트도 함께 있었다. 특히 여인들의 밝은 표정과 환한 미소가 눈에 띄었는데, 나는 고추 가게에서 걸음을 멈추어야 했다. 내 입가에 번지는 웃음과 함께.

예전에 남편 친구들 부부 모임에서다.

○○ 친구가 텃밭에서 수확한 고추 한 박스를 가지고 왔다. 친구들에게 나누어 주려고 챙겨 온 마음에 모두 고마워했다. 무농약 고추라니 더 인기였다.

"와! ○○야, 농사 잘 짓네. 이젠 농부 해도 되겠다."

"잘 먹을게요, 고마워요."

이쪽저쪽에서 칭찬과 고맙다는 인사가 오갔다.

그때 한 친구가 말했다.

"야, ○○ 니 고추가 참 크네, 빛깔도 좋고…."

"어?"

순간, "와하하하!" 하는 웃음이 이쪽저쪽에서 한꺼번에 폭발했다.

'○○ 고추'는 그 힘도 대단했다.

모두를 웃음 소용돌이 속으로 던져 버리더니 그칠 줄 모르게 계속되는 웃음에, 아니, 그 '매움'에 모두의 눈에서 눈물까지 나게 했다.

아마도 그날 밤, '○○ 고추'로 인해 머리 허연 중년의 친구들은 옛날 강가에서 발가벗고 멱 감던 그때를 추억하며 더 진한 우정을 가슴에 담았을 게다.

재래시장 센트럴 마켓. 코타키나발루.

재래시장 센트럴 마켓. 코타키나발루.

등불

홍등, 이국의 정취를 뽐내며 흔들리고 있다. 밤이면 또 다른 멋진 야경이 된다.

대만 타이베이(Taipei) 여행 중 어느 날, 중국말 잘하는 아들을 두고 중국말을 하나도 모르는 나와 남편 둘이서 길을 나섰다. 이곳에서 가까운 온천 지역인 우라이(Wulai, 烏來)로 갈 참이다. 버스 주차장에 오니 한자로 된 안내판은 우리에겐 무용지물이고 영어가 통하는 사람도 찾기 힘들었다. 착해 보이는 아가씨에게 여행안내 책에서 찢어 낸 쪽지를 보여주며 길 안내를 부탁했다. 그리고는 겨우 버스를 탔다.

이런, 버스 기사님에게 영어가 통하지 않네. 할 수 없이 차비를 지폐로 통에 넣으려는 찰나, 앞 좌석에 있던 한 아주머니가 다급히 그 돈을 내지 말라고 손사래를 친다.

"No, no, no change. just 60, coin! coin!"

동전을 내라고 한다.

그때서야 대만 버스에서는 잔돈을 주지 않는다는 여행담이 떠올랐다. 동전을 찾으니 30원밖에 되질 않는다. 다시 가방이며 옷 주머니 여기저기에서 동전을 찾는 우리를 보던 그 대만 아주머니가 자기 핸드백을 뒤진다. 20원이 나왔다. 그래도 모자라는 동전. 그러자 뒷좌석의 다른 대만 아주머니께서 자신의 지갑을 뒤진다. 이렇게 모으고 모아서 버스비를 냈다.

어디에서나 아줌마들의 인정은 대단했다. 감동과 흥분에 나도 뭔가를 보답하고 싶었다. 주머니를 뒤적이니 우리나라 ○○껌 두 개가 눈에 띈다. 두 통도 아닌 단 두 개! 그래도 고마운 마음을 담아 아주머니들께 드렸다. 나의 이런 인사에 버스 안에는 웃음꽃이 피어났고 한국에서 왔다고도 했다.

이렇게 어렵게(?) 우라이에 도착해 보니 산이 둘러싸인 높은 지대의 시골 마을이다. 우리가 방문했을 때는 관광객도 없고 한적했다. 마을 앞에 흐르는 강 위의 다리를 건너니 꼬마 기차 승차장이 있다. 무작정 탔다. 조금 후 내린 곳에는 많은 식당과 상점들이 있고, 대만 최대급인 83m의 멋진 우라이 폭포도 있어 여행의 맛을 더했다. 우라이(烏來)라는 지명은 아타얄족(Atayal, 泰雅族) 언어로 '끓는 물'이라는 뜻이란다. 이렇듯 이곳이 온천 지역이고 타이베이에서 가깝기도 하니 좋은 주말 휴양지였다.

낯선 곳 여행에서는 서로 말은 통하지 않아도, 민족이 다르고 문화가 달라도, 별것 아닌 것에서 훈훈한 인정을 느끼며 사랑을 나누게 된다.

이런 게 바로 여행의 맛이다.

대만 타이베이에서 만난 홍등은, 또 다른 등불로 마음까지 따뜻하게 해 주었다.

지우펀 골목의 홍등. 대만.

회한(悔恨)

엄마 치맛자락 잡고 길을 나선다. 큰 시장엘 간단다. 엄마 따라서 간 시장. 어린 나에게는 거대한 곳으로 무척이나 복잡하고 시끄러웠다. 알사탕과 과자, 풀풀 김이 나는 찐빵엔 침이 넘어간다. 허나 나를 묶어 버린 것은 긴 실 끝에 매달려 있는 커다란 풍선이었다.

엄마를 쳐다보았다. 눈이 마주치자 빨간 풍선 하나를 내 손에 쥐여주셨다. 말하지 않아도 엄마는 이미 내 마음을 다 알았던 게다.

"풍선 줄은 꼭 잡아야 한데이. 안 그라믄 날아간다."

그랬는데……

내 손에서 풍선이 그토록 쉽게 빠져나갈 줄이야. 순식간에 풍선은 달아나고 말았다. 축축한 허전함과 텅 빈 아쉬움이 나를 적셨다. 눈물이 흘렀다.

잿빛 하늘이 낮게 내려앉은 어느 날, 나는 풍선을 놓쳤던 때보다 더 크게 울어야 했다. 빨간 풍선이 하늘로 날아갔듯이 어머니도 하늘나라로 가셨다. 풍선을 놓치고서 꼭 잡을 걸 하며 후회했듯이 또 때늦은 후회를 했다. 출가외인인 딸이라지만, 말만이 아니라 보다 더 자주 엄마와 함께할 걸 하면서. 영원히 내 곁에 있을 어머니가 아니었는데…. 먹먹한 아쉬움에 몸과 마음을 떨어야 했다. 닦고 닦아도 자꾸만 눈물이 흐르고 흘렀다.

어머니. 예전에도 그랬듯이 내 마음을 아시는 어머니. 어느 시인의 말처럼 하늘나라 무지개 타고 잠시 휴가라도 나오시면 얼마나 좋을까. 그러면 얼른 달려가서 끌어안고 뜨거운 정을 나눌 터인데. 또다시 나풀거리는 엄마 치맛자락을 잡고 큰 시장에 가면 이번에 내가 엄마께 맛있는 음식을 사드릴 텐데. 더 이상 내 손길이 닿지 못하는 너무 먼 곳에 계시니 그 무엇도 해드릴 수가 없구나.

이제 와서 후회한들 무슨 소용이 있으랴.

오스트리아 잘츠부르크 외곽, 어느 마을 입구에 있는 작
은 공동묘지 한구석에서 소녀상을 만났다. 이곳을 찾는 사
람들의 마음을 대변이라도 하듯, 아니, 회한의 내 마음을 대
변이라도 하듯 그녀의 눈에서는 눈물이 흐르고 또 흐르고,
또 흐르고 있었다.

잘츠부르크, 오스트리아.

손

　인도에서는 멘디(mehndi)라고 하여 여성들의 손이나 발에 헤나로 문신을 한다. 이를 함으로써 건강과 행복, 축복을 기원하고, 악운을 물리치며 스스로를 방어해 준다고 믿는다고 한다. 하여 결혼식, 갓 태어난 아기, 할례 등 관례적 의식이 있을 때는 헤나 문신을 한단다. 나도 인도 자이푸르(Jaipur)에서 손에 헤나 문신을 해 보았는데 갈색으로 염색되어 있다가 일주일 후쯤 저절로 모두 지워졌다.

　우리는 '멘디'가 아니더라도 손을 반지 혹은 손톱 매니큐어로 아름답게 꾸민다. 또 늘 뭔가를 잡고 있다. 어릴 때는 부모님 손을 잡고, 점차 스승의 손 혹은 친구의 손을 잡는다. 그러다 사랑을, 행복을, 명예를 잡으려 하고, 어떤 때는 이루지 못할 것을 알면서도 무리한 집착의 헛손질도 하면서 살고 있다. 어디 그뿐인가. 손으로 마약과 도박을 잡기도 하고, 때론 사람을 해치는 것도 바로 손이 아니던가. 그러면서도 결국엔 빈손으로 이 세상을 떠나가는 것을.

　우연히 운전대를 잡은 남편 손에 눈길이 머문다.

　그리 크지도 않는 자그마한 손. 이제는 탄력을 잃은 듯 주름이 보이고 군데군데 작은 검버섯도 피었다. 한층 거칠어 보인다. 그러고 보니 참으로 고마운 손이다. 오랜 시간 동안 이 손으로 우리 가족을 먹여 살렸으니, 어찌 닳지 않으리. 고마운 마음을 담아 슬며시 그의 손 위에 내 손을 포갰다.

　남편은 "운전하는데 와카노." 하며 쑥스럽게 웃는다.

　포개어진 남편과 내 손에서 흘러간 세월을 본다. 변해 버린 손 모양만큼 우리 아이들이 자라서 성인이 되었다. 비록 남들처럼 많은 돈은 가지지 못했지만, 이제까지 별 어려움 없이 편안한 가정을 이루고 있으니 감사한 일이다. 남들 한다고 이것저것에 손대지 않았고 또 남들에게 손 벌리지 않았으니 이것만으로도 축복이리라.

리틀 인디아, 싱가포르.

지금 내 손에는 무엇이 있을까. 노년으로 가는 길목에서 내 손이 잡아야 할 것은 무엇일까. 이제는 끌어 담기만 하던 손에서 빈손이 되는 연습도 해야 하리. 결코 과하지도, 부끄럽지도 않은 손이 되어야 하리라.

이제는 늙고 힘없는 나의 손. 하지만 아직은 이 손으로 도전도 하고프다. 손에 헤나로 멋을 내면서 축복을 기원한다지만, 나는 이왕이면 미지에 대한 아름다운 동경을 잡고, 또한 사랑을 나누는 손이 되고 싶다.

깃발

10월의 초순 어느 날, 내가 그곳에 갔을 때 가을은 조금씩 모습을 드러내고 있었다. 하지만 더 빨리 다가온 쌀쌀한 날씨는 나를 움츠리게 했다.

차마고도(茶馬古道, Tea-Road).

나는 달렸다. TV나 꿈에서나 본 그 길을! 물론 말(馬)이 아닌 버스를 타고, 차(茶)가 아닌 부푼 가슴을 안고 달렸지만.

다큐멘터리 〈차마고도〉 자료에 의하면 차마고도(茶馬古道)는 최고(最古)의 교역로로 실크로드보다 200여 년 앞서서 중국의 차와 티베트의 말을 교역하면서 시작되었다고 한다. 이 길은 세상에서 가장 높고, 가장 험하고, 가장 아름다운 길로 평균 해발고도 4,000m 이상에 있단다.

나는 그 길을 달려 중국 쓰촨성(사천성) 황룽(黄龙)에 왔다. 이곳은 구채구(九寨沟)와 더불어 세계자연유산으로 지정된

카르스트 지형이다. 흐르는 물 모습이 용처럼 생긴 이곳은 '현생의 신선경'이라 불릴 만큼 경관이 기이하며 특이하고 아름답다. 수많은 연못의 다양한 물빛은 신비롭기까지 하다. 나는 용의 머리 격인 오채지(五彩池)까지 케이블카를 타고 올라갔다.

내렸다. 뭔가가 띵 하고 살짝 비틀거리게 되고, 조금만 많이 움직이면 숨이 차다. 고산병 증상이다. 심하면 구토까지 한다고 해서 아침에 고산병 약(인천공항에서 구입)을 먹었는데도 이런 증상들이 느껴진다. 한참 동안 천천히 발걸음을 옮겨야 했다. 어느 순간 크고 작은 다양한 물빛의 연못들이 나타났다.

이곳은 칼슘이 오랜 세월 침전, 퇴적을 반복하면서 생긴 지형으로, 푸른색, 초록색, 연두색, 노란색, 미색 등등의 물빛으로 크고 작은 연못이 계단식 논처럼 이어져 있는 곳이다. 총 3,400여 개의 연못이 있단다.

다양한 물빛에 놀라고 자연의 오묘함 힘에 또 한 번 감탄

했다. 허나 내 마음이 가는 것은, 입구에서부터, 아니, 곳곳에서 펄럭이는 알록달록한 깃발들이다. 사실 이곳은 동부 티베트로 중국 속의 또 다른 나라와 같았다. 나의 버킷리스트 중 하나인 '티베트'인지라 이 깃발들에게 단번에 묶였다.

황룽, 중국.

깃발들은 정사각형 천에 경전을 적어 만국기같이 단 '타루쵸(다르촉)'가 있는가 하면, '룽따'라고 불리며 황, 백, 홍, 청, 녹색의 천에 불교 경전이나 개인의 소원을 적어 긴 막대에 일렬로 매단 것도 있다. '룽따'는 '바람의 말'이란 뜻으로 진리가 바람을 타고 세상 곳곳에 퍼져 중생들이 해탈하기를 염원하는 것이란다.

이곳에서는 산 중턱에도, 산꼭대기에서도, 들판에도, 사원에서도, 마을 어귀에도, 냇가 다리에서도, 가정집에서도, 나무에서도 깃발이 나부낀다. 이렇게 곳곳에서 바람에 일렁이는 색색의 깃발은 내 마음을 출렁이게 하기에 충분했다.

긴 하루 일정을 마치고 피곤함을 덜고자 우리와 몇몇 일행들이 가이드에게 마사지를 주문했다. 그런데 이곳에서는 마사지숍으로 가는 것이 아니라 호텔 방에서 한단다. 피곤한 터라 움직이지 않으니 좋아했다.

얼마 후, 젊은 남녀가 우리 방으로 왔다.
그런데 젊은 남자가 나에게로 와서 침대에 누우라며 마사지 준비를 하는 게 아닌가. 움찔했다. 당연히 예쁜 아가씨는 남편에게 가니 갑자기 서먹한 분위기가 방안에 퍼졌다.

본격적인 마사지가 시작되니, 남편이 바로 옆에 있는데 다른 남자가 내 몸을 주무르고, 어엿한 아내가 바로 옆에 있는데 남편의 몸을 다른 여자가, 그것도 예쁜 젊은 여자가 주무르고 있으니 이 무슨 괴변이라 말인가.

사실 마사지를 받다 보면 아프기도 한데, 이런, 남편이 옆에 있으니 신음소리도 내질 못하겠네.

그러니……, 내 머릿속에는 낮에 본 아름다운 색깔의 물들이 출렁거린다. 근데 이보다도 미리 내 남편에게 '임자 있음' 깃발이라도 꽂을 걸 그랬나 하는 생각이 든다. 옆자리에서 숨소리조차 내지 않고 미동도 없는 남편. 이것도 신경이 쓰이네. 어휴….

이번엔 내 머릿속에서 황, 백, 홍, 청, 녹색의 '룽따'가 마구 흔들린다. 이것은 어쩌면 내 기도 깃발이었는지도. "빨리 이 이상한 상황을 끝내어 주소서."라고 적힌 기도 깃발 말이다.

황룽, 중국.

구채구, 중국.

마침내 마사지 타임이 끝났다. 어땠냐는 내 말에 남편은 좋기만 하더란다. 여기서는 남녀가 서로 바꾸어서 마사지를 해야 효과와 기가 더 좋아진다고 믿는다나?

이 말을 듣고 난 후라서 그럴까. 잠자리에 누우니 조금 전에 어색했던 것은 아랑곳없고 왠지 웃음이 나고 기분이 좋아진다. 그리고 눈앞에서 다시 아름다운 오색 깃발이 펄럭거린다. 이 깃발은 분명 "부디 이대로 행복하게 하소서."라고 적힌 나의 '룽따'였으리라.

족두리

남편 친구 아들의 결혼식이 태국 방콕(Bangkok)에서 있었다. 혼주 친척들과 친구 부부 몇 쌍이 방콕으로 날아갔다. 호사다마(好事多魔)라 했던가. 태국 공항에서 친척분의 가방이 없어지더니, 결혼식을 앞두고 우리 부부를 포함한 일행의 반 이상이 배탈이 났다. 혼주는 병원에 입원하는 일까지 벌어졌다.

결혼식 날, 하객인 우리는 비실거리는 환자 모습으로 식에 참석해야 했다. 태국 전통 결혼식은 아침 7시 30분부터 시작해서 오후 3시까지 한단다. 신부를 비롯한 시어머니, 친정어머니는 새벽 3시부터 화장을 했다고 한다.

제일 먼저 승려들을 모시고 태국 전통 옷을 입은 신랑, 신부가 입장하고 양가 부모님들이 앞자리에 앉으니 종교의식부터 시작되었다. 이때 승려를 많이 모시면 모실수록 호화로

운 결혼식이란다. 종교의식 후 휴식을 취하고, 먹고, 이제는
다른 방으로 가서 또 행사하고, 휴식하고, 또 먹으면서 피로
연하고……. 신혼부부의 행복을 비는 긴 결혼식이었다.

방콕, 태국.

오래간만에 결혼식 구경을 하니 어릴 적에 본 우리나라 전통 혼례식이 생각났다. 산골 마을에 혼인식이 있으면 아이들은 제일 앞자리 땅바닥에 앉아 혼례식 구경을 했다. 물론 떡도 얻어먹곤 했다. 그때 나는 떡보다는 신부 머리 위에서 예쁜 색의 장식들이 한들거리는 족두리를 가지고 싶어 했었는데…

족두리는 원래 여인들의 머리쓰개였다. 원나라의 풍습인데 우리나라에서는 고려 시대부터 사용하기 시작했다고 한다. 여유 있는 양반 가문에서는 평소 정장 차림에도 족두리를 쓰고서 격식을 갖추었고, 또 바깥나들이를 할 때도 사용했다. 아마도 한껏 멋을 내며 양반댁 아낙네 티를 내었으리라. 허나 가정 형편이 어려운 집의 여자들은 평소에는 엄두를 못 내다 혼례 때에나 족두리를 썼다고 한다. 요즘까지도 결혼식 후 폐백에는 원삼(圓衫)을 입고 족두리를 쓰는 것은 이 같은 풍습이 자연스레 이어진 듯하다.

혼례 때 사용하는 것은 꾸민족두리로 장식이 없는 민족두리와는 달리 족두리 겉면 사방으로 비취, 칠보, 밀화, 산호,

호박 등 온갖 호화로운 보석을 붙이고 오색 실로 술을 달아 화려하게 꾸몄다.

푸른 비취에서 발하는 신비로움이 묻어나는 은은한 빛은 오로지 여인만이 할 수 있는 잉태, 그 고귀함을 뜻하는 것이 리라. 호박(琥珀)에서 풍겨 나오는 온화한 빛은 어미로서 가져야 할 인자하고 자애로운 심성을 뜻할 게다. 또 고통 속에서 생성된 빛인 진주의 순수한 빛은 고통과 어려움을 잘 감내하는 여인이 되라는 뜻이 아닐까.

하지만 여인으로서의 삶이 어찌 혼례 때 쓴 꾸민족두리처럼 호화롭고 화려하기만 한가. 진정한 여인으로서의 삶은 더 많은 고난과 굴곡이 있을 터. 그래서일까. 혼례 때 머리에 쓴 족두리에 달린 장식들은 여자의 숙명적인 삶을 예견이라도 하는 듯 미세한 행동에도 사르르 떨리는 것 같다.

혼례와 함께 시집이라는 낯선 생활을 해야 하는 긴장과 불안, 그러면서도 마음 한구석엔 친정집을 떠나 온 안타까움과 부모님에 대한 그리움을 담고 살아야 하는 것이 여인의 삶이니까. 어디 그뿐이랴. 호된 시집살이는 아니더라도 누구나 한 번쯤은 시집에서의 차별과 서러움에 눈물을 삼켜야 하는 것이 여자의 숙명이 아니던가.

　세월은 쉬지 않고 흘렀다. 이 시간들 속에서 세상은 많이 변했다. 물질문명의 현대를 살고 있는 여인네들의 의식과 생활양식 또한 말할 수 없이 변했다. 하지만 혼례를 치른 여인은 여전히 아내이고 엄마이며 며느리다.
　요즘은 소가족으로 살다 보니 맞벌이와 가사일, 아이 양육까지, 예전과는 또 다른 일들을 감당해야 한다.

　옛날이나 지금이나 어떤 역할이 주어져도 거뜬히 해내는 여인들. 아마도 여인들은 혼례식 때 족두리를 머리에 쓰는 것이 아니라 가슴에다 쓰나 보다. 그리고는 평생 가슴에 담고 사는 듯하다.

봉쇄

막혔다.

닫혔다.

모든 것이 멈춰버렸다.

비엔나, 오스트리아.

가고 싶어도 갈 수 없고, 오고 싶어도 올 수 없다. 개인 우주여행이 시작되고 인공지능이 우리와 함께 생활하는 이 시대에 '봉쇄'라니!

2020년 봄, 모든 하늘길은 막혔고, 학교도, 교회도 문을 닫아야만 했으니 이런 사태가 오리라 누가 알았겠는가.

코로나19(COVID19), 이 신종 바이러스는 온 세상을 막아버렸고, 멈춰버렸고, 우리의 삶을 완전히 바꾸어 놓았다. 어린 아가들까지도 코와 입을 마스크로 막아야 하고, 되도록 말도 하지 말라고 한다. 다른 사람들은 아예 만나지도 말고 항상 사회적 거리를 두고 살라 한다. 이때까지 경험하지 못한 생활이다 보니 '코로나 블루'라는 우울증까지 생긴 요즘이다.

갇혀 살아야 하는 이 생활이 불행한가?

나는 오래전에 청도 운문사를 방문한 적이 있다.

비구니들이 생활하는 생활관 담장 위로 접시꽃들이 고개를 내밀고 있었다. 붉디붉은 꽃들의 화려함이 비구니의 속마음을 대변하는 것처럼 보였다. 보다 화려하고 싶고, 담장 밖의 세상을 그리워하는 것으로 말이다.

하지만 내가 틀렸다. 그녀들은 똑같은 잿빛 옷을 입고 밀 짚모자를 쓴 채 감자밭에서 흙투성이가 되었는데도 너무나 밝았고 생기가 넘쳤으며 편안해하고 있었다.

나와 똑같은 생각을 한 사람이 있다. 공지영 작가의 『수도원 기행』을 보면 프랑스 아르정탱 베네딕트 여자봉쇄수도원을 방문했을 때의 일이 쓰여 있다(그곳 돌담에도 접시꽃이 있었단다). 공 작가 역시 창살로 봉쇄된 곳의 수녀님들이라 장엄하고 엄숙하고 침울할 줄 알았는데 '좋아서 죽겠다.'는 수녀님들의 표정에 많이 놀랐단다. 공 작가 역시 자신이 틀렸다고 했다. 갇혀 있는 삶 속에서 뭐가 그들로 하여금 '테러블해피(terrible happy)'라는 감정을 느끼도록 만들었을까 의문을 가졌다고 한다.

현재 우리의 봉쇄 속의 삶은 어떠한가?
답답하기만 한가?
아니면 나름의 행복을 누리는가?

여인들

인도 어디에서나 나의 눈길을 사로잡은 것은 바로 여인네들 겉옷, '사리(Sari)'이다. 대부분 강렬한 원색인지라 단연 눈에 띄고 자꾸만 눈길이 갔다.

인도를 여행할 당시에 델리(Delhi)에서는 모든 버스에 커튼 사용이 금지라고 가이드가 말했다. 얼마 전, 버스에서 한 여성을 수십 명의 남자가 집단으로 성폭행하고는 그 여성을 외딴곳에 버려 죽게 한 사건이 발생했기 때문이란다. 그러고 보니 인도에서는 수많은 성폭행 사건이 발생하고 종종 여성 여행객에게 수면제를 먹여 성폭행한다는 기사도 있었음을 기억한다.

사실 인도의 여성 문제는 인도 독립 이후 많은 노력으로 개선되었으나, 뿌리 깊은 힌두이즘과 지참금 제도로 아직은 갈 길이 멀다고 한다. 다행히 지참금은 법적으로 폐지되었다고 해도 아직도 여성들을 괴롭히고, 여성을 향한 폭력, 멸시, 성적 차별은 여전히 심각하다고 한다. 낙후된 곳에 사는 여성에게는 자신을 지키는 안전과 건강에 대한 교육과 도움의 손길이 절실한 상태다.

아그라, 인도.

가이드가 서두르라고 조른다. 오후 5시가 지나면 성에 입
장할 수 없단다. 우리는 서둘러 버스에 올랐다. 그리고는 어
느 지점에서 지프로 갈아타고서 구불구불, 꼬불꼬불한 산길
을 달려 허름한(?) 성에 도착했다.

이곳은 인도 자이푸르(Jaipur)에서 자동차로 30분 거리에
있는 나하르가르성(Nahargarh Fort)이다. 1734년에 지은 정교
한 요새로 자이푸르 위쪽 언덕에 있다. 이 성의 백미는 건물
옥상에서 도시 전체가 보이는 탁 트인 경관과 일몰이다.

좁은 계단을 통해 옥상에 올랐다. 곧바로 탁 트인 시야 아
래로 네모난 집들이 다닥다닥 붙어 있는 시내 풍경이 펼쳐진
다. 둥근 돔 지붕 탑들도 이국의 멋을 보탠다. 여기에 조금
씩 붉은 기운이 하늘에 퍼지니 몽환적인 분위기가 되었다.
태양이 서쪽 산으로 더 기울면서 하늘을 온통 붉게 물들이
니 이제는 붉은 세상의 풍경이 펼쳐진다. 이곳을 찾은 우리
에게 정말 멋진 일몰을 선사해주었다.

우리가 숙소로 가기 위해 내려오는 길. 어느덧 어둠이 서
서히 똬리를 틀고 대신 불빛이 나래를 편다. 우리는 지프를

타고서 여행의 멋을 내며 내려오는데, 한 서양 여성이 어둑한 그 길을 홀로 뛰어 내려오고 있었다.

순간 그녀의 안전을 걱정하며 안타까워했는데 앞 좌석의 인도 가이드와 기사도 그 여자 이야기를 하고 있었단다. 내일까지 살아 있으면 다행이라고 끔찍한 말과 함께 고개를 마구 저었다. 그러면 왜 태워주지 않았느냐고 하자 잘못했다가는 오히려 범죄자로 찍힌다며 손사래를 친다. 아, 이런… 사회 풍조가 이러하니 만약 곤경에 빠진 여성이 있다면 누구의 도움을 받는다는 말인가. 같은 여자로서 걱정과 함께 가슴이 아팠다.

그래서일까. 인도 여인들의 겉옷인 '사리(Sari)'는 어쩌면 여인의 억눌린 마음과 도움 요청의 표현으로 더 화려하게, 보다 강렬한 빛깔로 드러내는 것이 아닐는지.

나의 눈길과 마음을 빼앗던 사리(Sari), 그토록 화려하게만 보이더니 한순간에 여인들 사리(Sari)의 펄럭거림이 나를 우울 속으로 몰아넣는다.

아그라성에서의 여인들. 인도.

낭패의 맛

우리 가족은 일본 규슈 유후인(Yufuin)에서 후쿠오카로 돌
아오는 길에 손쉬운 고속버스를 두고 기차를 타기로 했다.

기차는 처음이고 예정에도 없는 터라 망설여졌지만, 그래도 도전하기로 했다. 예약도 없이 유후인역으로 갔다. 표를 구입하려니 역무원 아저씨는 영어가 안 되고(그때는 그랬다), 우리는 일본어가 안 된다. 우리의 "하카타."라는 말에 아저씨는 손가락을 두 개를 펼쳐 보이며 "change, change."라고 하신다. 아하~! 두 번 갈아타야 한단다.

드디어 기차가 왔다. 귀여운 두 칸짜리 노란색 기차다. 아침 시간인지라 학교 가는 학생들과 우리를 태운 꼬마 기차는 푸른 숲도 지나고, 깊은 계곡 위도 달린다. 어느 역에서 모든 승객이 내리기에 우리도 따라서 내렸다. 잘했다.

두 번째로 온 기차는 한 칸이다. 그래도 칙칙폭폭 잘도 달린다. 우리가 내려야 할 역은 '크르매(?)역'이란다. 이번에도 잘 내렸다.

우리는 다시 기차를 갈아타야 했다. 플랫폼에서 옆 신사에게 차표를 보이며 도움을 청하니 건너가란다. 자리를 옮기자 기차가 들어온다. 이번엔 진짜 긴 기차다.

우리 가족은 차표에 적힌 6호를 찾아 우르르 올라탔다. 곧바로 기차는 윙 하고 떠나니 우리는 좌석을 찾는다. 어디지? 내가 가지고 있는 기차표의 6호 차, 좌석 1, 2, 3, 4라고 적힌 자리가. 어? 1, 2, 3, 4라는 좌석이 보이지 않는다! 분명 6호 차는 맞는데, 기차 좌석은 A1, A2, B1, B2 이렇다. 순간, 가슴이 철렁했다. 이건 분명 뭔가가 잘못된 것 아닌가.

나: "어머, 어머머… 와이카노."
남편: "차표 함 보자. 이그, 잘못 탔네, 뭐."
딸: "일단 앉아서 생각해 보자."
아들: "엄마, 이 칸은 특실인갑다."

그러고 보니 이때까지 우리가 타고 왔던 기차와는 확연히 다르다. 기차 안이 고급스럽고, 승객들도 양복 입은 신사와 멋쟁이 숙녀들만 보인다. 아, 이 일을 어쩌나. 기차를 잘못 탔으니…! 당황한 우리는 일단 빈 좌석에 엉덩이만 걸치고 앉았다.

그때, 앞쪽 문으로 승무원이 인사를 하고 들어오는 게 아닌가. 표 검사라도 하면 큰일이다. 기차를 잘못 탔는데 일본 말은 할 줄 모르고, 아아……. 그가 가까이 올 즈음 우리는 약속이나 한 것처럼 각자 창문 쪽으로, 혹은 눈을 감고 그와의 시선을 피했다. 그가 지나갔다. 아무 일이 없었다.

무심한 기차는 열심히 어디론가 달리고 있다. 어쨌든 마음이 조금 안정된다. 여기저기 살펴볼 여유도 생겼다. 앞쪽 문 위 전광판에 글자가 지나가는 것이 보인다. 일본어는 모르겠다. 영어는 이렇게 말하고 있었다.

"이 기차는 하카타역으로 가고 있다. 1호~4호차 예약석, 5호~7호차 자유석. 좋은 여행 되십시오."

나는 갑자기 웃음이 터졌다. 그리고 온 가족에게도 웃음 폭탄이 폭발했다.

하기야 유후인역에서 역무원과 우리가 서로 소통할 수가 없었으니, 그도 자세한 설명을 생략했으리라. 그러니 우리의 좌석이 무엇인지, 자유석인지를 어찌 알았겠는가[일본 기차의 자유석은 정해진 차(칸)에서 아무 좌석이나 앉게 되어 있다].

잠깐이었지만 가슴 태웠던 그때를 생각하면 지금은 웃음부터 나지만, 그 순간에는 정말 진땀이 났다. 낭패의 맛은 참으로 알싸했다.

수도원

체코의 체스키 크룸로프에서 오스트리아로 돌아오는 길. 또 아무런 절차도 없이, 표시도 없는 국경을 넘어선 우리다. 다시 만나는 오스트리아 초록의 들판이 새삼 반가웠다.

오스트리아 고속도로를 신나게 달렸는데, 어느 순간 차들이 서행이다. 에구, 차가 막힌다. 이런… 헬기까지 뜬다. 한참 후에야 차들이 다시 움직였다. 오다 보니 대형 트럭이 길가에 넘어져 있는 큰 사고가 있었던 거다. 거의 1시간을 고속도로에서 보냈던 우리다.

드디어 멜크(Melk) 시내다. 어느 순간에 누렇고 거대한 건물이 언덕 위에, 아니, 하늘에 둥둥 떠 있는 것이 보였다. 바로 멜크 수도원(Stift Melk)이다.

이곳은 11세기경에 창건되었지만 18세기에 재건되었다고 한다. 야콥 프란타우어(1660~1726년)의 작품으로 유럽 최대의 바로크 양식의 건축물이란다.

1600년대에 이곳에서 수기가 하나 발견되었다. 그것은 14세기 때 이곳의 견습 수도승인 독일인 아트존이 쓴 회상기였는데 이를 바탕으로 움베르토 에코(Umberto Eco, 이탈리아)가 20세기 최고의 소설 중 하나인 『장미의 이름』을 썼다. 이 책은 추리소설의 성격을 띠고 있으면서 중세의 신학과 철학과 더불어 당대의 역사를 입체적으로 형상화한 역사 소설이다. 이 소설은 윌리엄과 아드소 신부가 멜크 수도원에 도착해서부터 일주일간 벌어지는 사건을 통하여 중세의 생활상과 세계관, 이단 논쟁과 종교 재판, 수도원의 장서관 등을 사실적으로 표현했단다. 이로써 14세기의 종교적 독선이 얼마나 인간의 자유를 구속하고 있는가를 흥미진진하게 펼쳐 보인다고 한다.

나는 여행 준비 시 이 소설에 대해 알았고, 읽고 가려 했으나 그러지 못해서 많이 아쉬웠다. 물론 지금 모습이 소설의 배경인 14세기와는 다소 다르다 하더라도 『장미의 이름』을 읽고 방문했다면 도서관과 수도원의 분위기가 더욱 남다르게 느껴졌을 것이다.

'수도원' 하면 일반적으로, 아니, 나는 왠지 어두컴컴하고 음울하며 엄숙해야 하는 그런 곳이라 생각했다. 그런데 멜크 수도원은 멀리서 보이는 외관부터, 입구에 들어서면서 내 고정관념과는 확연히 다르다는 걸 느끼게 했다. 더 가까이 다가가니 내가 생각하는, 아니, 일반적으로 떠올리는 수도원과는 너무나 달랐다. 바로크 양식의 건축은 물론이고 누런 황금빛 건물에 곳곳이 번쩍이는 금빛으로 화려하게 장식되어 있었으니까.

특히 성당 내부는 내가 이때까지 본 모든 것 중에서 가장 화려했다. 그 어느 궁전의 화려함보다 더, 참말로, 정말로, 진짜로 휘황찬란했다. 화려한 성당과 함께 엄청난 규모의 장서가 보관된 도서관, 200m나 되는 긴 복도의 방에 온갖 보물들이 전시되어 있는 이곳에서 그 시대의 막강한 힘이 느껴진다고나 할까. 멜크 수도원 홈페이지에서 말하듯 "신 외에는 다른 아무것도 생각하지 않는다."라는 마음으로 수도원을 건축했다고는 하나, 어쩌면 인간의 본능을 억누르며 수도 생활하는 이들의 온 에너지와 열정이 이토록 화려함으로 나타난 것은 아닐까 싶다.

멜크 수도원. 오스트리아.

멜크 수도원 성당 내부. 오스트리아

양철 인간

'스페인' 하면 빠질 수 없는 게 세르반테스의 소설 『돈키호테』다. 기사도 이야기를 너무나 탐독한 나머지 스스로 기사가 되어 세상의 부정과 비리를 없애겠다고 길을 나서는 돈키호테. 그 무대가 바로 스페인의 남부 라만차(La Mancha) 지방이다.

라만차 지방의 한 곳인 푸에르토 라피세(Puerto Lapice)라는 작은 동네에 들렀다. 작은 교회 종탑이 보이는 한적한 마을 모습이 마치 소설 속 그 시절 풍경 같다.

'벤타 델 키호테'라는 레스토랑이 있었는데 소설 속 시대가 연상되는 돈키호테 동상, 수레, 큰 바퀴, 항아리 등 옛 물건들로 장식되어 있었다. 이야기 속에서 돈키호테가 이곳에서 처음으로 무장을 했단다. 그래서일까. 이곳에 잠시 머물렀지만, 곳곳에 서 있는 작은 청동 동상들과 이런저런 물건들로 나도 400년 전 소설 속으로 들어온 것 같았다.

공용 주차장에서다.

뭔가 잘못된 것을 보았으니 나도 돈키호테처럼 용감히 나서야 했는지도 모르겠다.

볼일을 보고 오니 우리 차 앞을 차 한 대가 가로막고 있었다. 잠시 기다려도 오는 사람이 없어 자동차에 있는 연락처로 전화를 했다.

잠시 후, 한 여자가 나타났다. 죄송하다는 말도 없이 우리를 힐끗 보더니, 차에 오른다. 그런데 차가 움직이지 않고 그대로 있다. 기다렸다. 한참 동안이나 움직이지 않기에 혹시나 자동차에 문제라도 있나 하고 다가가 보니 전화를 하고 있는 게 아닌가. 자신 때문에 발이 묶인 다른 사람 생각은 아예 없는 듯했다.

『오즈의 마법사』 동화에 나오는 심장 없는 양철 나무꾼이 생각났다. 동화 속 그는 자신이 양철로 만들어졌기에 타인을 배려하고 사랑하게 할 심장이 필요하다는 걸 알고서 마법사 오즈를 찾아가는 노력을 한다. 그리고 모두에게 보다 사려 깊게 대하려고 애를 쓴다. 하물며 동화 속 양철 인간도 이러한데, 우리 인간은 조물주가 만든 심장을 가지고 있지 않은가.

자기 자동차 옆에 버티고 서 있는 나를 보고서야 겨우 차를 움직인다. 미안하다는 말조차 없이.
그래도 참았다. 꾹꾹~

그리고 우리 차가 빠져나오면서 나는 양철 인간보다 모자라는 그녀를 향해 오히려 더 환하게 웃으며 크게 손을 흔들어 주었다. 뭔가를 좀 느껴 보라는 뜻에서.

그녀는 무엇을 좀 느끼기나 했을까?

푸에르토 라피세, 스페인.

그 남자

출국 수속을 막 끝내고 들어온 터라 피곤하여 의자에 앉아서 쉬고 있는데 네다섯 살의 남자아이가 내 옆자리에 앉는다. 아이와 함께 온 남자가 "너 여기 잠시만 앉아 있어. 아빠가 엄마랑 누나 데리고 올게. 절대로 어디 가면 안 돼~ 알았지?" 하고는 어디론가 휙 가버렸다.

후쿠오카 국제공항 출국장에서다.

아빠가 사라지자 아이는 채 몇 분도 되지 않았는데 생판 모르는 나에게 묻는다. 반짝이는 얼굴을 하고서.

"우리 아빠는 언제 와요?"

"응? 글쎄다. 곧 오실 거야. 너 여기서 움직이면 안 돼."

나도 아이 아빠와 똑같은 말을 아이에게 하고 있었다.

이제는 제법 시간이 지났다. 아이 아빠 모습은 여태 보이지 않는다. 아이는 다행히 울지는 않으나, 얼굴엔 반짝거림을 잃은 채 어둠이 어리고 몸은 행위예술이라도 하는 듯 기이한 모양으로 뒤꼬기도 한다. 그러다가 의자 밑으로 머리를 넣더니 거기도 아빠는 보이지 않는 듯 나에게 다시 묻는다.

"우리 아빠 언제 와요?"

그러니, 시간이 흐를수록 이제는 아이보다 내 애가 더 탄다. 그 남자가 나에게 아이를 봐달라고 부탁한 것도 아닌데도, 내가 자리를 뜨면 아이가 어디로 갈까 봐 상점에도, 화장실에도 가지 못하고 자리를 지키고 있다. 점점 내 몸이 굳어간다. 그런데도 가끔 목을 길게 빼고 이리저리 살피고, 또는 눈길을 한 곳으로 주시하고서 그 남자를 기다린다. 그것도 아주 초조하게, 때론 애타는 마음으로. 언제부터인지 어디론가 사라진 내 남편은 아랑곳하지 않고, 그 남자를 기다리는 나다.

지루함과 초조함을 달래려 내가 먼저 말을 건다.

"꼬마야. 너희 집이 어디니?"

"우리 집요. ○○○○아파트 101동인데요."

"아니, 어디 사느냐고. 서울? 부산? 대구?"

"나, 그런 것 몰라요. 우리 집은 ○○○○아파트인데…. 근데요, 우리 아빠 언제 와요?"

그러게~
그 남자 오지 않고 나를 울리네.
비행기를 타야 할 시간은 다 되어 가는데 오지 않는 그 남자.

나는 아직도 그 남자를 기다린다.

후쿠오카, 일본.

불시착

    나와 남편은 길을 나섰다. 빅 아일랜드 와이콜로아 빌리지(Waikoloa Village)에서 섬 북쪽으로 갔다가 다시 힐로(Hilro)로 가기 위해서다.

    이곳 북쪽 지역은 빅 아일랜드 남서쪽의 검은 세상과는 달리 푸른 산과 초원이 있었다. 신선함이 밀려온다. 렌터카도 신이 난 듯 잘도 달린다. 이렇게 달리다 보니 계획에도 없던, 정말 우연히 파커 렌치 히스토릭 홈(Parker Ranch Historic Homes), '파커 농장 역사관'을 발견했다.

    우리는 서부 영화의 한 장면처럼 넓은 농장 안으로 달려들어갔다. 말이 아닌 자동차를 타고서. 방목된 동물들은 보이지 않았지만 그야말로 넓디넓은 들판이다. 그리고는 자그마한 역사관을 만날 수 있었다.

빅 아일랜드, 미국.

농장 안에서 Parker Ranch 역사관으로 가는 길. 빅 아일랜드, 미국.

파커 목장은 마우나케아산, 약 1,200㎢의 넓은 평지를 목장으로 사용한단다. 1847년 존 P. 파커의 목장이 이곳에 생기면서 빅 아일랜드에서 가장 북쪽에 위치한 와이메아[Waimea(Kamuela)]의 경제적인 발전을 도모하고 있다고 한다. 세계 최대의 목장으로 수만 마리의 소가 방목되어 있단다.

역사관 실내는 넓은 거실에 카펫이 깔려 있고 벽난로와 낡은 피아노가 있었다. 또 여러 사진도 있었는데 집 안을 둘러보는 것은 유료인지라 그냥 멀리서만 보았다. 한쪽에서 긴 치마에 부츠를 신은 카우걸이 비누, 티셔츠 등의 기념품을 팔기도 했다.

사실은 우리가 길을 잘못 드는 바람에 우연히 이곳을 찾게 되었다. 내가 지도를, 아니, 내비게이션(Car navigation system) 역할을 제대로 했다면 이곳을 보지 못하는 불행(?)을 겪었을 것이다.

이처럼 우리 삶에서도 모든 것이 예정대로만 되는 것은 아니다. 가을이 오는 길목, 좋은 연주회가 있음을 뒤늦게 알고 예약도 않고 집을 나섰다. 도착하여 티켓을 구입하려니 매진

이란다. 아쉬웠다. 남편은 나를 위로라도 하듯 차를 시외로 돌려 호국의 산 유학산 자락에 내려주었다.

주차장에서 사찰을 찾아 올라가는 길에는 가을옷으로 갈 아입는 나뭇잎들이 출렁거렸다. 길은 생각보다 가팔랐고 험했다. 연주회에 간다고 나풀거리는 원피스에 뾰족구두를 신은 내가 힘들어하니 나뭇잎들이 자신들의 음악을 들려준다. 사각사각. 얼마 후 깎아지른 듯한 절벽 위에 아찔하게 서 있는 사찰도 나를 반긴다. 사찰에서 내려다보이는 확 트인 풍경도 잠시나마 모든 것을 잊게 했다.

다시 내려오는 길, 나는 굽 높은 뾰족구두를 과감하게 벗어들었다. 스타킹까지 벗었다. 시멘트 길의 딱딱한 느낌과 흙길에서의 보드라운 감촉이 발바닥으로 전해져 오고 돌부리들의 꼬집음도 느껴진다. 내 발이 느끼는 간질거림이 또 다른 재미에 빠져들게 했다.

사실은 이 시각 정명훈 씨의 멋진 지휘로 〈베토벤 피아노 협주곡 4번〉 선율에 고상을 떨고 있어야 할 나인데, 산속

흙길에서 구두는 벗어 손에 들고 맨발로 히히거리며 즐거워하고 있는 나.

　이처럼 우리네 인생 열차는 우리의 계획한 대로가 아닌, 다른 곳에 불시착할 수도 있다. 내가 나풀거리는 치마에 뾰족구두 신고 음악회에 가려다 산으로 간 것처럼. 하지만 엉뚱한 곳이라 해도 또 다른 삶이 있으니 내 발이 닿은 곳, 그곳에서 새로운 것을 보고, 듣고, 느끼며 무엇을 얻느냐는 오롯이 나의 몫이다.

　나는 또 길을 찾으리라.

미션(Mission)

이제 마지막 미션을 위해 길을 떠나려 한다.

호주 시드니(Sydney) 남동쪽 킹스 포워드 스미스 국제공항
가까운 해안에 '보타니 베이 국립공원(Botany Bay National
Park)'이 있다. 여기에는 18세기 호주를 탐험했던 프랑스의
라페루즈 백작의 이름을 딴 '라페루즈(La Perouse)'라는 곳이
있다.

아쉬운 것은 일기 예보에 비가 온다는 것이다. 허나 우리
가 그동안 시드니에서 살아 본 결과, 이곳의 비는 주로 소나
기, 아니, 보슬비 정도로 조금 오다 그치는 정도였으니 개의
치 않고 숙소를 나섰다.

버스 종점인 보타니 베이 국립공원 정류장에 내리니 평일
오전이라서 그런지, 아니면 날씨 탓인지, 아니면 우리의 마지
막 나들이라는 것을 알아서였는지는 몰라도 잔뜩 내려앉은

하늘만큼이나 침울한 분위기로 우리를 맞이했다.

시드니, 호주.

아무도 없는 해안가, 넓은 들판의 공허한 공원, 그 위를 세차게 날아다니는 싸늘한 바람, 잿빛 구름, 그리고 떨어지는 하늘 눈물들…….

결국엔 굵은 빗방울까지 뿌린다. 세차다.

갑자기 몰아치는 비바람을 피하자니 텅 빈 공원에서 눈에 띄는 것은 작은 공중화장실이다. 그곳으로 뛰어 들어가야 했다. 남편과 그의 친구는 남자 화장실로, 나와 친구 부인은 여자 화장실로. 하늘의 뜻은 호주에 우리를 조금이라도 더 붙잡아 두려는 것일까.

시드니 보타니 베이 국립공원 공중화장실에서 비를 피한 후, 빗방울이 약해지고 하늘에 엷은 햇살도 보여 발길을 옮겼다. 하지만 몇 발자국도 가지 않았는데 또다시 우산을 무용지물로 만드는 휘몰아치는 비바람이 우리의 길을 막는다. 우리는 또다시 따로따로, 남녀 화장실로 뛰어갔다. 그리고 얼마 후, 약해진 비바람에 옷깃을 가다듬고 다시 화장실에서 나왔다. 하지만 이번에도 몇 미터 가지 못하고 비바람으로 또다시 각각의 화장실로 뛰어 들어가야만 했다. 우리는 이렇게 본의 아니게 마치 설사라도 하듯 화장실을 갔다 왔다 하는 사람들이 되고 말았다.

'라페루즈'는 영화 〈미션 임파서블 2〉를 촬영한 장소로 세계적인 명소가 된 곳이다. 영화에서 톰 크루즈가 악당들과 격렬한 추격전을 벌였던 곳이 바로 이곳 '베어 아일랜드 요새(Bare Island Fort)'라 한다.

그래서 우리의 미션(mission)도 바로 이 요새 정복(?)인데 비바람에 발목이 잡힌 것이다. 정말 우리가, 우리의 마지막 과제인 '베어 아일랜드 요새(Bare Island Fort)'까지 가는 것이 '불가능(impossible)'하단 말인가?

변덕스러운 비바람이 우리의 길을 막아버렸고 또 주저하게 하고 있으니 어쩌면 좋을까. 하지만 우리가 누구인가. 대한민국 60대 젊은 용사들이 아닌가!

라페루즈. 시드니, 호주.

다시 도전에 나섰다. 휘몰아치는 비바람 속으로 용감히 걸어 나아갔다! 바람이 얼굴을 때린다. 비에 옷이 젖는다. 우산은 있어도 쓸모가 없다. 하지만, 그럼에도, 어쨌든, 시니어 네 명은 요새를 향해 앞으로 나갔다.

우리의 굳은 뜻을 알았는지 비바람도 약해진다. 그래도 가끔 몰려오는 비바람 속에서 나무다리를 따라 요새에 닿고야 말았다. 요새를 정복한 것이다.

그렇다.

우리에겐 'Mission Impossible'은 없었다.

왠지 뿌듯해진 마음으로 요새를 뒤로하고 발걸음을 옮기는데 '라페루즈'의 하늘은 파란 하늘을 보이면서도 빗방울을 떨어뜨린다. 그 얄궂은 하늘에 때마침 날고 있는 비행기 한 대. 저 비행기는 어디로 가는 걸까. 혹시 꿈속 나라에서 현실 나라로 가는 비행기인가? 내 마음이 야속한 비행기에 얹힌다. 내일이면 우리도 '현실행 비행기'에 몸을 실어야 하니까……

기도

유난히도 맑은 하늘과 투명한 햇살이 우리와 동행한다.

저 멀리 십자가들이 눈에 보이자 왠지 마음이 두근거리고 한편으론 숙연해진다.

막상 다가서니 각기 다른 크기의 수많은 십자가에 숨이 막힌다. 무슨 기원들이, 바람들이 저토록 많을까.

하기야, 나도 작은 나무 십자가를 하나 구입(입구 상점에서 판매함)해서 꽂았다.

이곳은 리투아니아 샤울랴이(Siauliai)에 위치해 있는 '십자가 언덕(Hill of Crosses)'이다.

리투아니아 독립전쟁 시기에 많은 리투아니아인이 평화와 독립을 기원하던 장소로써 이 작은 언덕에 눈물과 간절함으로 십자가를 하나둘씩 꽂았다고 한다.

샤울랴이, 리투아니아.

지금은 종교와 상관없이 각자의 기도로, 혹은 기념으로 십자가를 꽂다 보니 수만 개가 넘게 꽂혀있다. 1993년에 교황 바오로 2세가 이곳을 방문하면서 관광지로도 유명해졌다.

들고 간 나무 십자가를 한 곳에 놓았다.
나 자신도 내려놓아 본다.
죄악의 권세를 십자가 보혈로 이기신 주님께
늘 죄인일 수밖에 없는 인간인 나.
용서부터 구했다.
이때까지 나를,
우리 가족을 지켜주심에 감사도 드렸다.
이제는 주어진 삶을 부끄럼 없이 살다가
아름답게 주님께 갈 수 있도록
십자가의 사랑을, 평강을, 겸손을, 인내를
닮을 수 있는 은혜도 간구했다.

돌아서는 발걸음이 한결 가벼워지는 것 같았다.

지금 이 시각, 나는 감사의 기도를 드린다.

언제나 부족하고 연약한 나에게 늘 오늘이 있게 하시고,
언제 어디서나 함께하시는 주님 사랑에 감사드린다.
이제는 길 위의 나의 세상 이야기를 접는다.

샤울랴이, 리투아니아.

제4부

'길 위의 세상 이야기'를 닫으며

　예상치 못한 코로나19 바이러스로 갇힌 생활이 길어지고 있다. 서로 거리를 두라고 한다. 필요한 말만 하라 한다. 되도록이면 밖으로 나가지도 말라고 한다.

　덕분에 나는 또 다른 여행 계획 대신 노트북을 펼쳤다. 그리고 그동안의 글들과 사진들을 정리했다.

　지나온 길에서의 많은 이야기가 되살아나 웃기도 하고, 콧등이 시큰하기도 하며, 아쉬움에 한숨도 나온다. 하지만 이제는 욕심도, 부끄러움도, 아쉬움도 덮어두련다.

　여행에서나, 삶에서 환희의 순간, 시행착오, 아찔했던 순간도 있었지만, 여기까지 왔음을 감사한다.

　이제 지나간 시간보다 남은 시간이 적은 나, 나에게 주어진 시간에서는 '아름다운 이 세상'을 더 많이 보고, 더 느끼고, 더욱 많이 나누어야 할게다.

정말 특별하지도 않고, 여러모로 부족하지만 지금까지 함께해 주신 모든 분들께 감사드린다.

나는 우리 앞에 언젠가는 다시 펼쳐질 그 길들을 기대해 본다….

2020년 가을에.

'길 위의 세상 이야기'를 닫으며